その声に応えたのは戦隊ヒーローのようなスーツを着た三人の少女達。

「うん!!」

「ここが正念場や!!」

「気合入れるよ」

赤、黄、青という彩色豊かな三人の声を耳にし、俺は先行して攻撃を仕掛ける。

「ヴァァァ!!」

オメガが全身から生やした八つの触手《しょくしゅ》の先端に大きな目玉が形成され、一斉にこちらを睨《にら》む。

「オオオォォ!! アルファァァァ!!」

八つの目玉は白く濁《にご》りその直後に光を放出、収束し光線となって一斉にこちらめがけて降り注いだ。

「しゃらくせぇ!!」

こちらに向かうすべての光線を拳《こぶし》で消し去り、無防備な胴体《どうたい》に拳を叩きつけぶっ飛ばす。

ビルを超える巨体を後ろへのけぞらせながら、奴は俺目掛け触手を横なぎに振るうが、俺が反撃するよりも速く電撃を纏った両刃の斧《おの》を持った戦士、ジャスティスイエローが触手を両断する。

「君だけに活躍させへんで!!」

「私もいるよ」

青い戦士、ジャスティスブルーが放った青色のエネルギーで形作られた銃弾《じゅうだん》が襲《おそ》い掛《か》かろうとする触手を撃ち抜いていく。

そして、イエローとブルーより前、俺の隣に降り立った赤の戦士、ジャスティスレッドは赤熱した剣を強く握りしめながら俺を見る。

「私も一緒に戦う!!」

「足手まといになるなよォ!!」

仮面越し、されどそれでも強い意志を感じさせるその声に頷《うなず》き、身動きがとれないオメガの顔面に視線を合わせ、とどめの一撃を食らわせるためにレッドと共に飛び出す。

「……ッ」

力を籠《こ》めるほど、視界が明滅する。

これまでの戦闘のダメージで全身の骨が軋《きし》み、身体《からだ》が悲鳴を上げる。

「今更、身体の痛みでどうにかなるかよ!!」

だがそれでも気合で身体を動かした俺は拳を振り上げ、眼前の怪物に叩きつける。

レッドの剣と俺の拳が同時に叩き込まれ、それらは鋼鉄のような表皮を貫き、肉を抉《えぐ》りその命を奪わんとする。

「ハアアアアアアアア!!」

「さっさとくたばりやがれぇ!!」

オメガの悍《おぞ》ましい悲鳴が響き渡る。

それを耳にしてもなお、俺は人類の敵であるこいつの命を終わらせるために拳を振り下ろし続けた。


世間では俺は『黒騎士』と呼ばれている。

黒い全身スーツに黒い仮面を着けた謎の戦士で、突如として現れた人類の脅威《きょうい》、怪人と戦う不審者……ってやつが俺だ。

世間的には世界的大企業から秘密裏《ひみつり》に開発されていた変身スーツを盗んだ犯罪者なので、どう呼ばれようとも否定しようがない。

実際のところ、自分から進んでスーツを盗んだわけではない。

俺がこのスーツを得たのは奇跡でもなんでもないただの偶然だった。

あてどもなく迷い込んだどこかの施設で見つけた『PROTO TYPE "0"』と記された未完成の機械仕掛けのスーツに触れてしまった結果、勝手に俺の身体に装着されてしまうという意味不明なことが起きてしまったからだ。

そんなこともあって俺は謎の研究施設からスーツを持ち帰ってしまった。

最初はスーツを着て街を駆けまわっているだけだった。

ビルからビルへと飛び移り、人の目に触れずに自由を謳歌《おうか》する。

誰にも邪魔できないし干渉されない、まさしく自分のためだけに力を使う……ワルモノとして活動していたわけだが、それも長くは続かなかった。

『ギッ、ギィィィ!!』

怪人、と呼ばれる人型の怪物の出現。

夜中に現れたそいつらのせいで俺のワルモノとしての穏《おだ》やかな活動は終わりを迎えた。

『クロキシィ!!』

『クロキシシネェ!!』

『ニンゲンホロボス!!』

暴れまわる怪人を倒したらなんだか目をつけられたようで、奴らは次々と現れ俺に襲い掛かるようになった。

もちろん俺も無抵抗でいるはずがなく、遭遇《そうぐう》した奴ら全員を始末していったが、怪人は面倒なくらいに現れ続けた。

その結果、半年もの間、俺はしつこすぎる怪人共と戦う羽目になった。

俺以外に戦える奴がいないからっていうのも理由の一つではあるが、単純に人間を舐《な》め腐《くさ》っている怪人共が気に入らないというのが大きな理由だった。

半年が過ぎ、怪人を倒すことが日常になってからまた事態はさらに動いた。

さらに苛烈化《かれつか》する怪人の発生と、怪人を生み出す怪人の王『オメガ』の判明。

また、危険な怪人を生み出す妙な組織に対抗するため、政府も妙な組織を作ったのだ。

「燃える炎は勇気の証！　ジャスティスレッド！」

「流れる水は奇跡の印！　ジャスティスブルー！」

「轟《とどろ》く稲妻は希望の光！　ジャスティスイエロー！」

「「「三人合わせて！　三色戦隊ジャスティスクルセイダー!!!」」」

と、まあ、こんな口に出すのも恥ずかしい登場台詞《ぜりふ》を決める戦隊ヒーローじみた三人組だ。

正直、このポーズを目の前で見せられた時は普通に怖かった。

だが、怪人という存在が現れ、不安定になっている今の社会へのアピールもあったのだろう。

グッズも売られたし、色々と特集もされたりしていた。

俺としてはそんなふざけた奴らに負けるはずがないと思っていたが、これがどうも中々に強かった。

だが、そいつらの仲間にはなるつもりはなかった。

俺は正義の味方とはかけ離れたワルモノで、彼女達は正真正銘のヒーローなのだから
……。

「くたばったか……」

怪人を生み出す元凶である『オメガ』の打ち砕いた頭から拳を引き抜いた俺は、最早動くことのなくなったオメガを見下ろす。

「…………」

亡骸《なきがら》が徐々に灰となって消えていく。

これまで倒してきた怪人と同じ、血の一滴も残さずに消えていく様を一度目に焼き付けてから……俺は後ろへ振り返る。

そこには、オメガを倒すために一時的に力を合わせた正義の味方『ジャスティスクルセイダー』の三人が立っていた。

「やったね黒騎士くん!!」

「これでもう怪人も現れないんやね!!」

「友情パワーの勝利……!!」

俺の着る黒い変身スーツとは異なる赤、黄、青の三色に分かれた色鮮やかなスーツ。

細く無駄がなく、それでいて統一された完成品とも呼べるスーツを纏った彼女達は長い戦いが終わった喜びを隠せないでいた。

こいつらとはなんだかんだで一緒に戦ってきたし、なんなら出会ったばかりの頃は何度か命を助けた。

死ぬかもしれねぇから戦うのをやめろと警告したこともあった。

だが、それでもこいつらは俺と肩を並べるほどにまで強くなり、ここにいる。

「黒騎士、くん？」

その場を動こうとしない俺にレッドが怪訝《けげん》な声を発する。

スーツを酷使《こくし》しちまったがまだもう少しは戦える。

あと少し戦えればそれで十分だ。

「怪人の親玉がくたばって、あとは俺だけってことだな」

「え……？」

怪人がいなくなって平和、というわけにはいかない。

黒色の装甲《そうこう》に覆《おお》われた拳を構えた俺に彼女達は動揺を露《あら》わにする。

「構えろ。ジャスティスクルセイダー」

「っ、いや、だよ。怪人はいなくなったんだよ!?」

「なんでなん!?　もう私達が戦う必要ないやん!!」

「……っ」

赤いアーマーが施《ほどこ》された全身スーツとマスクを纏った少女、ジャスティスレッドがかすれた声を漏らし、下手な関西弁のジャスティスイエローが感情を露わにし訴えかけてくる。

言葉を発さないジャスティスブルーもこの状況に動揺しているのか、こちらに向ける銃口も微《かす》かに震えているように見える。

「分かってるだろ。俺は、お前達の味方じゃない」

「でもっ……」

「仲良しこよしで終われると思うな」

悲痛な声を漏らすレッド。

その後ろからブルーが前に出て彼女の肩に手を置く。

「レッド。黒騎士くん、本気だ。本気で私達と戦おうとしてる」

「ブルー……」

「やるしかない」

その言葉で覚悟を決めたのかレッドとイエローがそれぞれ武器を構える。

赤熱した剣、帯電する斧、銃口から青いエネルギーを発する両手銃。

彼女達を象徴する武装が向けられ、俺も何十体の怪人を屠《ほふ》ってきた拳を掲げ笑みを零《こぼ》す。

「それでいい、ジャスティスクルセイダー」

それでこそ俺が認めた正義の味方だ。

もちろん、俺も生半可《なまはんか》な覚悟で戦うつもりはない。こいつらを俺の全力をぶつけるに値する宿敵として戦う。

「じゃあな。　」

声にならない言葉を発して俺は前へ飛び出す。

俺は今日ここで死ぬ。

俺が認めた正義の味方に倒されて、死ぬことができる。

万が一はない。

彼女達が俺を生かそうとしても、俺は自分のスーツに仕込んだ爆弾で死ぬからだ。


「────死ぬはず、だったんだけどなぁ」

一か月前の決戦を思い返しながら力なく笑う。

あれだけ啖呵《たんか》を切ったのに普通に生き残ってしまった。

「ねえ、カツミくん！　なに黄昏《たそが》れてるのー!!」

「ため息つくと幸せが逃げるでー」

「こっちを見ろー」

そして、そんな俺に不遠慮に声をかけてくる三人の少女。

専用のスーツを纏っていない彼女達は笑顔で話しかけてくるわけだが……こいつらここがどこなのか本当に分かっているのか？

「ええい!!　お前らァ!!　人のいる独房《どくぼう》でくつろぐんじゃねぇ!!」

黒騎士と呼ばれていた俺、穂村克己《ほむらかつみ》は最後の最後に殺されるつもりだったジャスティスクルセイダーにとっ捕まってしまった。

今思い出しても恥ずかしくなる。

あれだけ死ぬ死ぬ言っておいて結局普通にとっ捕まっているのってどうなんだ……？

第一話　追加戦士になりたくない

怪人の王オメガを打倒したあと、正真正銘の最後の戦いを繰り広げた末《すえ》に俺は、ジャスティスクルセイダーに敗北した。

そこで俺は自ら持参した自爆装置で死ぬはずだった。

……死ぬ、はずだったのだが。

「くっ！　俺を殺せ!!」

「ええ、なんで？」

どういうことか俺は、ジャスティスクルセイダーの本部の独房に閉じ込められていた。

現在独房には俺以外に赤みがかった髪をポニーテールにさせた少女がいる。

傍目《はため》に美人と言われるであろうそいつは俺の対面の椅子に座りさっきからこっちを笑顔で見てきている。

「なに見てんだよ」

「いやー、別にー」

本当に認めたくねぇが俺は捕まってしまったのだ。

用意した爆弾も自称理系のブルーがあっさり解除しやがった。

その後は、普通に犯罪者扱いで監獄《かんごく》へ送られるかと思ったが、俺が閉じ込められたのはもっとおかしなところだった。

「どうして俺を拘束してないんだ!!」

変身するためのアイテムである腕輪『チェンジャー』を没収されているのは分かるが、組織にとって重要人物であるレッドがいるのに手錠もなにもされてねぇのはおかしいだろうが!?

「必要ないでしょ？　無抵抗の人には攻撃しないのは分かってるし」

「ぐ、ぐぅぅ……！」

こいつ危機感なさすぎだろ。

いっつも独房に遊びにくる感覚で来てるんだぞ、こいつ……!?　誰かこいつに俺が犯罪者だって教えてやってくれよ……！

「俺をこんなところに閉じ込めてなにが目的だ！　レッド!!」

「何度も言ってるでしょー。貴方《あなた》を仲間にするために決まってんじゃん。あと私の名前は新坂朱音《あらさかあかね》。アカネって呼んでくれると嬉しいな」

「誰が呼ぶか!!　友達か!!」

「私は友達だと思ってるけど」

俺の悪態《あくたい》を微笑《ほほえ》ましい様子で受け流した彼女は人差し指を立てる。

「私は君のこと名前で呼ぶから、カツミくん」

「俺は許可してないぞ」

「じゃあ、黒騎士くん？　それとも本名の穂村克己《ほむらかつみ》くん？」

「くっ……！」

捕まったせいで俺の身元は完全にバレてしまっている。

報道で俺の本名が出ている訳ではないのが、幸いだが……。

「そもそも、どうして俺を監獄に送らないんだよ」

「……えっ」

そんなこと言われるとは思っていなかった、と言いたげな顔をしたレッドは数秒ほど思考した後に明るい笑顔を浮かべる。

「だって君、いい奴じゃん」

「なんでそんなこと言うんだよ」

混じり気のない本音に思わずか細くなった声が震える。

おかしいだろ。なんでこいつこんな微笑ましい目で見てくるの？

「え！　だって、前にビルが倒壊したときは私達と一緒に対処してくれたし」

「それはお前らとの戦いに横やりをいれられて、仕方なく協力しただけだ。勘違いするな」

本気の戦いに水を差された上に、ビルまで爆破するとは。

口には出さないが、あの周辺には行きつけの弁当屋があったのだ。

俺の食生活のためには失ってはいけない場所だった。

「敵の強化怪人に負けそうになったときは助けてくれたし」

「お前らを倒すのはこの俺だからな」

というより、あの程度の奴に負ける方がどうかしてる。

一時は我がライバルの弱さに呆《あき》れたほどだ。

「そもそも私達が出る前まで一般人を守ってくれたのは君じゃん」

「なんでそんなことしなくちゃならないんだ。俺はただ襲い掛かってくるアホな連中を倒してただけだ」

「うんうん。分かってる。そうだよねー」

「なあ、怒っていい？」

怪人共から恨《うら》みを買っている自覚はあったが、本当滅茶苦茶狙われたな。

まあ、向かってくる奴らは全部ぶっ飛ばしてやったが。

「イエローの弟くんと妹ちゃんのこと守ってくれたし」

「ふん、成り行きだ。そうでなければなんであんな京都弁と大阪弁をはき違えた似非《えせ》関西弁の身内など守るか」

あの時はガキ共がわらわら近づいてきてどれほど面倒だったか。

「……俺の両親は小さい頃に死んだ」

「君、突然そういう反応に困ることを言うよね」

「だから俺と同じような子供を増やすとか……なんか、違うだろ」

俺がしたいのはそういうやつじゃないんだよ……！

「やっぱいい人じゃん」

「美学を持ってんだよ。ぶっ飛ばすぞ」

「きゃー」

わざとらしく悲鳴をあげたレッドに息を乱す。

こ、こいつ……！　なんでもかんでもいい人判定しやがって。

「そもそも私達、同じ学校だよね？」

「……住んでるところから近かっただけだろ」

同じ高校に通っていたことに後で驚いたが、こればかりは本当に偶然だ。

「つーか、学生やってたのは世を忍ぶ仮の姿だ。それに、俺はもう退学している」

「違うよ？　今の君は休学中だから通おうと思えば行けるよ」

「えっ、マジ？」

なんで休学中なの？

俺、捕まったから普通退学だよな？

「ほら、いい人！」

「いや、なんでだ」

とんでも理論すぎる。

マジでこいつ頭がおかしいんじゃないのか？

「ねえねえ、仲間になろうよぉー。なっちゃいなよぉー」

しょうこりもなく追加戦士へと勧誘してくるレッドを振り払う。

「嫌だ！　お前らの仲間になるくらいなら死を選んだ方がマシだ!!」

「こらっ！　気軽に死ぬだなんて言っちゃ駄目だよ!!」

普通に叱《しか》られた。

あれ？　俺とお前って同い年だよな？

「しかし残念だったな。仮に俺がお前らの仲間になったとしてこの社会は認めるかな!?」

どちらにせよ俺の評価は悪人から揺らぐことはない。

俺は世間一般から見てとんでもない不審者で窃盗犯《せっとうはん》だからな!!

「君、一般人からもワルモノとして見られてないよ」

「ハッ、バカだろお前。さんざん破壊活動をしてきた俺がワルモノとして見られていないはずが。証拠見せろよ、しょーこ」

「うーん、分かった」

え、本当にあるの……？

手慣れた様子で端末を操作したレッドはすぐにそれを見せてくる。

恐る恐る画面を見ると、なにやらフーチューブという動画サイトのようだが……。

『はい、皆さんこんばんは。ＫＡＮＥＺＡＫＩコーポレーション所属ジャスティスクルセイダー公式宣伝Ｖｔｕｂｅｒ兼黒騎士くんイメージアップ広報担当の蒼花《あおはな》ナオです』

［ｷﾀ━━(ﾟ∀ﾟ)━━!!］
［ナオナオー］
［黒騎士くんの追加情報求む!!］

映し出された動画には青い髪色をしたアニメのキャラクターが映し出されており、それが本物の人間のようなそぶりで動きながら話し出した。

動画の隣にはものすごい勢いで文章が下から上に流れている。

「え、なにこれ。あ、アニメ……？　どうなってんだ……」

「……なんだか初めてテレビを見た戦国時代の人みたい」

「ネットとか無知なんだからしょうがねぇだろ!?」

でも本当になんだこれ？　キャラクターが動いているけど、どうなっているんだ？

「うちの司令が経営してる会社の公式宣伝Ｖｔｕｂｅｒの蒼花ナオちゃん」

「ぶい……なに？　こんなの見せてどうすんだよ」

「いいからいいから」

意味が分からずに勧められるまま俺は画面に視線を落とす。

青い髪色に、紺の軍服に似た未来感のある衣服に身を包んだ蒼花ナオと名乗ったキャラクターは本物の人間のような自然な動作で喋《しゃべ》りだす。

『社長さんからの改めての報告になるけれど、正式に黒騎士くんのスーツ窃盗の被害届が取り下げられることになりました』

「へ？」

今、俺のこと言ってたか？　しかも被害届が取り下げられただと？

『でも私としては特に驚きでもないよね』

[うんうん]

[取り下げ自体は前々から出ていたらしいね]

[やったことの功績でかすぎるんよ]

[ガチ人類の救世主だもんね]

『今はジャスティスクルセイダー本部に保護されているらしいけど、社長さん曰《いわ》く元気にしているらしい。レッドさん達がツムッターにも色々と載せてくれたりしてるから本当供給助かってる』

［本音漏《も》れてて草］
［ファンが隠しきれてない］
［黒騎士ガチ勢来たな］
［ナオナオは黒騎士くんと会えたりしないの？］

『実際に会えたら配信できる状態じゃなくなるよ？』

［ガチトーンこわ］
［急に声低くするのやば］
［草］

『コホンッ、とにかく被害届も取り下げられたことで、これを理由に悪く言う人も減っていくと私も嬉しいな！　黒騎士くんはいい人！　アンチがなんと言おうとも私は絶対、ぜーったいこの事実は変えられないからっ！』

そう、蒼花ナオと呼ばれたキャラクターが元気に言い放つと、隣の文字列も加速していく。

それを目の当《ま》たりにした俺はただ呆然《ぼうぜん》とするしかなかった。

なんか俺の窃盗が許されて、勝手に俺のイメージアップまでされてて頭の中が滅茶苦茶になりそうだ。

「お、おい。この話本当か？」

「事実だよ。というより取り下げの話自体は結構前に決まっていたらしいんだけど、怪人とかの騒動で手続きとか諸々《もろもろ》が後回しになっちゃっていたらしいんだよね」

「じゃあ、今の俺は……？」

「まっしろしろすけの白騎士くんだね！」

「そんな!!」

この世界おかしいだろ!!

そんな簡単に許しているんじゃねぇよ。

「俺、結構街破壊しちゃっただろ!!」

「怪人を倒すためにね」

「結構怖がられていただろ!!　街で遭遇《そうぐう》するたびに悲鳴も上がってたし!?」

「喜びの悲鳴だと思う」

「この世界はおかしい!!」

どういうことなんだよ!!

「ナオちゃんの活動のおかげもあるけど、私達も黒騎士くんのイメージアップのために頑張ったんだよ？　ツムッターに独房にいる君との話を投稿したりとか」

「お前らのせいでもあるのかよ!!」

「うん!!」

「嬉しそうにするな！」

すっげぇ力強い頷《うなず》きだな！

「それにほら、君が活躍してる動画とかもたくさん投稿されてるし……」

「やめろ！　見せなくてもいい!!」

「そう？　面白いのになぁ」

残念そうにしながら端末をしまうレッド。

世間一般の認識がおかしいだけで、俺はおかしくなんかないはずだ。

「報道だって、俺が捕まって喜んでたじゃねぇか……！」

「それは多分、やっと公式な立場で活動してくれるから喜んでいるんだと思うよ」

「チクショウ!!」

頭を抱えるしかない。

どうしてこんなことになった!?

「大体、俺はお前らに負けてここに捕まってんだぞ!!」

そう、俺が今いるのは独房。

しかしただの独房ではなくジャスティスクルセイダーの本部なのだ。

「だってしょうがないじゃん。カツミくん、ずっと旧式のチェンジャー使ってたんでしょ？　あれ、私達の使う最新式よりも格段に性能が低いのに、装着者への負担がものすごいやつなんだよ？」

「だからどうした」

「君の身体《からだ》は、ボロボロのはずだったんだもん。なのに頑張って捕まえてみたら全然平気ってどういうこと？　君を助けるために、本当の本当に辛《つら》い思いをしてボコボコにしてやったのにさ……」

「少しくらい罪悪感とかないのかな……？」

こいつなんでものすごく沈痛な顔して凄《すさ》まじいことを口にしているのだろうか。

「私達の前で自爆しようとした君に言われたくないんだけどね？」

「……それは、悪かった」

それを言われたらぐうの音も出ねぇわ。

しかし、全然気にしたことはなかった。

だから戦闘中に「それを使うのはやめてー！」とか「死にたいの!?」って言われていたのか……。

「それに、君ってヒーローの素質あるし！」

「んなわけねぇだろ」

「もう、口ではそんなつんけんしちゃってさー」

マジで無敵かこいつ。

全く口喧嘩《くちげんか》とかで勝てる気がしないんだけど。

「おじゃまします」

「おいーっす、きたでー」

そうこうしているうちに、俺の閉じ込められている部屋にものすごく気軽な様子で二人の少女が入ってくる。

青みがかった黒髪のボブカットの少女と、三つ編みをした茶髪の少女だ。

「来やがったか……！　ブルー、イエロー!!」

「ブルーじゃない。日向葵《ひなたあおい》」

「君も分からん奴やな。私はイエローじゃなくて、天塚《あまつか》きららって名前があるの。いい加減覚えてくれぇや」

むすっとした顔でそう言い返してくるブルーと、呆《あき》れた顔のイエロー。

ブルーはともかくとして、イエローは相変わらず口調がちぐはぐだな。

「イエローお前さぁ、その口調疲れねぇのか？」

「へ、い、いやぁ、全然疲れてへんけどね？」

思いっきり動揺しているが。

図星《ずぼし》なのかしどろもどろになるイエローの肩にブルーが手を置く。

「キララは普段はちゃんと標準語を喋ってるよ。変になるのは変身している時と、君に会う時だけだけど」

「アオイ!?」

「やっぱ無理に個性出してんじゃん」

「う、うるさいよぉ!!」

まさか本当にキャラ付けとは思わなかった。

あれか、正体を隠すためとかそういう感じか。

「まあまあまあ、落ち着いて」

イエローと俺を宥《なだ》めたレッドは、椅子を用意しながら俺へと話しかけてくる。

「ここまで君がワルモノではないと言ってきたわけだけどさ。世間的にはまだまだ君のことをよく思わない人が多いんだ」

「当然だな。むしろそうでなくちゃ困る」

いくら勘違いされてもそれは変わらない。

怪人を倒していたとはいえ、街中で戦った時もあるからな。

むしろ問題視されない方が異常だ。

「でも君はそれ以上に人気があるの。当然、私達と同じくらいにね」

「当然じゃやないよな?　全然おかしいよな?」

否定する俺の言葉をスルーしたレッドは続けて言葉を発する。

「私達、君にはとても感謝しているの。ピンチの時とかいつも助けてくれたり、私達がいない間世界を守ってくれた。私がヒーローになったのも、君が助けてくれたのが理由なんだよ？」

「え、なにそれ聞いてない」

「アカネ、それ初耳なんだけど」

ブルーもイエローも驚きの顔で見ているが当然俺も覚えはない。

それでもレッドは言葉を止めない。

「もしかしたらこの先もまた怪人が現れるかもしれない」

「…………」

「君も分かっているよね。私達は怪人の恐ろしさを、狡猾《こうかつ》さをよく知っている。どれだけ安全だと思っていてもあいつらは予想だにしないところで湧いてくる」

確かにレッドの言う通りではある。

オメガを倒したからって終わったわけじゃない。

生き残りの怪人が現れることもあれば、また別の勢力が現れる可能性だって十分にある。

「もしかしたら私達だけじゃ勝てない敵も現れるかもしれない。だけど、君が仲間になってくれさえすれば、そんな心配はなくなるんだ」

レッドが強い意志を込めた目で俺を見る。

その瞳《ひとみ》には先ほどのように気軽に俺を仲間に誘うような軽さはなかった。

「それに、君と共闘したときはいつも安心できるの。ああ、もう勝てる気しかしないって。

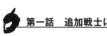

力だけでなく、君は私達の精神的な助けにもなっているんだ。だからさ……」

彼女は目を細め、俺に笑顔を向けた。

その顔はいつも彼女が振りまく、愛嬌《あいきょう》のあるヒーローの笑顔ではなかった。

「絶対に、一緒に戦ってくれるって言うまでここに来るから」

「いや、それはマジでやめてくれよ……」

うっすらと開けられた目は全く笑ってはいなかった。

助けを求めるようにイエローとブルーの方を見ても、ただニコニコと笑っているだけで、より一層不気味さが増している。

この時点で、彼女達がこの施設から俺を逃すつもりなんてないことを悟《さと》るのであった。

233: **ヒーローと名無しさん**
よく知らんけど黒騎士って悪い奴だろ？
なんでこんな世間で騒がれてんの？

234: **ヒーローと名無しさん**
今のご時世で黒騎士くんのこと知らないとかマジ？

235: **ヒーローと名無しさん**
自分で調べもせずに悪い奴認定はよくない

236: **ヒーローと名無しさん**
まー、実際危険なスーツ着たやばい奴なのは間違ってない
事実だけ見れば犯罪者だしね
でもその上でやっていることが善人すぎるのが彼だ

237: **ヒーローと名無しさん**
黒騎士くん語録貼りますか？
「お前らを倒すのは俺だろ!!　俺以外に倒されるんじゃねぇ!!」

238: **ヒーローと名無しさん**
「そんな状態のお前らを倒しても勝ったことにならないんだよ。さっさと帰って寝てろ!!」（怪人殴りながら）

239: **ヒーローと名無しさん**
「ククク、ぶち壊してやる。この世の中を」
（敵怪人を殴り飛ばしながら）

240: **ヒーローと名無しさん**
登場するごとに語録を増やす黒騎士くんは草

241: **ヒーローと名無しさん**
悪いことしようとしているのか分からないけど、普通に助けてるからな

それか怪人の方が優先して黒騎士くんに襲い掛かっているし

242: **ヒーローと名無しさん**
特撮オタからすれば黒騎士くんは別方面のエモさを開拓した追加戦士だゾ

243: **ヒーローと名無しさん**
・最後まで仲間にならない代わりに、ちょくちょく一緒に戦ってくれる
・しかも息がばっちり合う
・なんだかんだで相手を認める潔さ
・敵のボスを倒した後に、真の最終決戦

なんだろう、この……仲間になってほしいけど、そう簡単になびいてほしくない複雑な想いを具現化したようなキャラ

244: **ヒーローと名無しさん**
分かりみが深すぎる
みんな黒騎士くんのジャスティスクルセイダー入り希望してるけど、黒騎士くんは黒騎士くんオンリーの方がいいと思うの

なんかその……ジャスクルルートは違うよ!!
彼は孤高の戦士タイプなんだ!!
力を合わせるんじゃなくて、力のない人達のために孤独に戦う戦士なんだよ!!

245: **ヒーローと名無しさん**
やっぱり犯罪者だろ
テレビの評論家とかめっちゃ悪く言ってるじゃん

246: **ヒーローと名無しさん**
そりゃ一応犯罪者なんだから言うだろ
でも、それとは別に話題になる存在ってことだよ

247: **ヒーローと名無しさん**
悪く言ってるのはアレだぞ
政府公認のジャスティスクルセイダーも批判してた奴らだからほぼ難癖みたいなもん
あの子達がいなかったら今頃日本が世界地図から消えてたくらいやべーんだぞ

248: **ヒーローと名無しさん**
>> 244
ちょっと分かるかも
ジャスティスクルセイダーが出る前の人知れず(なんか我先にと襲ってくる)怪人と戦ってた頃の黒騎士くんを考えると、そっちもいいよね

249: **ヒーローと名無しさん**
怪人とか一年前は絶対にいない存在だと思ってたからなぁ
本当にびっくりしたけど、戦ってくれる人がいてよかったわ

250: **ヒーローと名無しさん**
それはそうと、黒騎士くんってどうしてあんなに不幸を背負わされたような過去を想像されるんだろうな

251: **ヒーローと名無しさん**
そりゃ、言動とかそういうのでイメージがついちゃったから

252: **ヒーローと名無しさん**
「俺の親は、もういない!」とか言っちゃったからなぁ

あと声が、まだ10代の子供の時点で相当な闇を背負ってる

253: **ヒーローと名無しさん**
前、公式で発表されたけど黒騎士くんの装着してるスーツってあれなんだな、ジャスティスクルセイダーの強化スーツのプロトタイプ
性能自体は完成品の強化スーツに大きく劣り、負荷も凄いんだって

それで、ジャスティスクルセイダー三人相手に優勢に戦ってたとかやばくね？

254: **ヒーローと名無しさん**
武器も最新鋭でもなんでもないのに怪人一方的に倒してたの最高に意味分からんｗｗｗ

255: **ヒーローと名無しさん**
素で強すぎるんだよなぁ

256: **ヒーローと名無しさん**
強化スーツ自体、特殊な素質がないと着れないらしい
そういう意味でも黒騎士くんは、想定外の存在っぽい

257: **ヒーローと名無しさん**
捕まった後も命に別状はないらしいってのもすごい
人体実験の被験者疑惑も出てるから、さらに闇要素が供給されてしまった

258: **ヒーローと名無しさん**
色んなところで阿鼻叫喚の嵐だった黒騎士くん自爆未遂も相当だよな
最終決戦で敗北した直後に、一人で自爆しようとしたやつ
あれで黒騎士くんの精神状態が本当に危険だってことが判明した

259: **ヒーローと名無しさん**
あの時の言葉はやばかった
頭をぶん殴られた気分だった

260: **ヒーローと名無しさん**
黒騎士くんの身の上がかなりやばいことを察したのがアレだよね

261: **ヒーローと名無しさん**
「俺は、もう満足だ。思い残すことはなにもない……」

「やめてくれ、やめてくれよぉ……！」

「止めるな！　お願いだ止めないでくれ!!」

「離せ！　俺は、この、やめろぉ!!」

「殺せ、殺せよぉぉ!!　負けた俺に生きている価値なんて……!!」

「この世に俺の居場所なんてどこにもっ……」

「どうして俺を死なせてくれないんだぁ……!!」

262: **ヒーローと名無しさん**
バカやめろ
当時マジで衝撃だった台詞を出すのはやめてくれ……

263: **ヒーローと名無しさん**
お茶の間を凍り付かせた最後の姿がえぐすぎる
報道してる方も予想外だっただろ
今までの黒騎士くんとの戦闘が、エンターテイメントじみた戦闘だったし

264: **ヒーローと名無しさん**
「死に場所を求めていた子供」って考察嫌いだけど納得させられちゃう

265: **ヒーローと名無しさん**
ブルーに爆弾無慈悲に解除されちゃうところで生きてくれてよかったって感情と、これ以上悲しい姿を見たくないって感情ぐちゃぐちゃになった

266: **ヒーローと名無しさん**
あっさり爆弾解除するブルーはナニモンなんだよ

267: **ヒーローと名無しさん**
自分精神科医目指してるけど黒騎士くんの慟哭なんか違和感ある
なにがおかしいのか分からないけど

268: **ヒーローと名無しさん**
>> 266
理系（自称）だぞ

269: **ヒーローと名無しさん**
同情引くための演技だろｗｗｗ

270: **ヒーローと名無しさん**
レッドあたりは是が非でも黒騎士くん生かして交流しようとしてそう

271: **ヒーローと名無しさん**
イエローもブルーもそうだろ

272: **ヒーローと名無しさん**
ジャスクル三人は黒騎士くん大好きだからなｗｗｗ

273: **ヒーローと名無しさん**
何度も命を助けてくれたヒーローを嫌う理由ないしむしろ当然まである

274: **ヒーローと名無しさん**
ツムッターでは３人揃って友達感覚で黒騎士くんの面会に行っているのがもう面白い
公式からの供給ありがてぇ

275: **ヒーローと名無しさん**
ジャスティスクルセイダー４人目のメ

ンバーだから当然じゃん

276: **ヒーローと名無しさん**
勝手に４人目の戦士にされてて草

277: **ヒーローと名無しさん**
追加戦士ポジションではある

278: **ヒーローと名無しさん**
仲間になりそうでならないギリギリ感正直好き

279: **ヒーローと名無しさん**
本人めっちゃ嫌がってそう（笑）

280: **ヒーローと名無しさん**
ジャスクルに割って入ってきてほしくないなー

281: **ヒーローと名無しさん**
守ってもらっている側からすれば、ジャスティスクルセイダーと黒騎士くんのタッグはすげぇ安心できるんだ

282: **ヒーローと名無しさん**
でも実際問題難しい
少なくとも黒騎士くんは人類の味方のつもりはないし、ジャスティスクルセイダーと仲良くしようとも思っていない
天然だから守ってしまうだけだし

283: **ヒーローと名無しさん**
仲間ではないけど、好敵手ではあるだろ

284: **ヒーローと名無しさん**
好敵手と書いて「とも」と読むんですね
分かります

285: **ヒーローと名無しさん**
＞＞284
ブルーはこういうこと言う

286: **ヒーローと名無しさん**
自分を悪役だと思ってんの本人だけだよな
そういう天然なところもウケてるところだと思うけど

287: **ヒーローと名無しさん**
テレビとかネット見てれば分かるもんなのにな
なんで捕まるまで分かってなかったんだ

288: **ヒーローと名無しさん**
知らんふりしてたとか？
自分の人気を理解した上で、あんな天然ムーブかましやがったとかもありえそう

289: **ヒーローと名無しさん**
そもそもパソコンもスマホもテレビもなかったんじゃね？

を着てた副作用がないか調べるためだし
しょうがなくはある

298: **ヒーローと名無しさん**
情報に関してはレッド達が SNS とかで投稿してくれるからなんとなくは分かっているのが救い

299: **ヒーローと名無しさん**
本人達めっちゃ楽しんでるからな
レッドとイエロー曰く、黒騎士くんはちょっとドジなシベリアンハスキーみたいな人らしい

300: **ヒーローと名無しさん**
黒騎士くんの素顔も確認しているだろうし羨ましいなー

301: **ヒーローと名無しさん**
最終決戦時にマスク割れてたけど、目つき悪いけど顔は悪い方ではなかったぞ

302: **ヒーローと名無しさん**
その後の自爆のくだりで絶句したけどな（白目）

303: **ヒーローと名無しさん**
マスク割れ黒騎士くんの写真探したらどこにもなかった (´；ω；`)
あの敏腕社長仕事早すぎるんよ……

290: **ヒーローと名無しさん**
あっ……（察し）

291: **ヒーローと名無しさん**
び、貧乏生活……

292: **ヒーローと名無しさん**
不幸な生い立ちぃぃ

293: **ヒーローと名無しさん**
さらなる闇深要素を加えてくるのはやめろぉ !?

294: **ヒーローと名無しさん**
真面目にどうやって生活していたんだろう……

295: **ヒーローと名無しさん**
強盗もやってないんだよね
本当に困窮していたとしてあれだけ強いのにやろうとしなかった時点で大分善人だと思う

296: **ヒーローと名無しさん**
どうしているんだろうなぁ、黒騎士くん

297: **ヒーローと名無しさん**
今は政府の指示でジャスティスクルセイダーの本部で確保されてる
かなり異例だけど、まあ、プロトスーツ

304: **ヒーローと名無しさん**
黒騎士くんが、レッド達に詰め寄られてものすごく抵抗しているのが容易に想像できるのが面白い

そういうとこだぞ（豹変）

305: **ヒーローと名無しさん**
今、ジャスクルが黒騎士くんの更生を頑張っているんだ
帰ってこい！　黒騎士くん!!　君の居場所は光の中にしかないんだ

306：**ヒーローと名無しさん**
いや、黒騎士くんアウトサイダー派もいるぞ!!
黒騎士くんに仲間なんていらない！　このまま孤独に戦ってこそヒーローだよ！

307：**ヒーローと名無しさん**
本当にどうなるんだろう黒騎士くん、形式上は犯罪者だし扱いとか難しそう

308：**ヒーローと名無しさん**
このまま表に出てこない可能性もあるが、それもまあ本人のためにもなりそうだ

309：**ヒーローと名無しさん**
追加戦士になってくれねぇかなぁ

310：**ヒーローと名無しさん**
頼もしすぎる味方になるよな
戦闘力やばすぎるし

第二話　黒騎士、動画を見る

ジャスティスクルセイダーの本部に収容《しゅうよう》された俺は、外に出ることはできない。

まあ、俺は犯罪者なのだから当然の対応なのだが、それ以外のここでの俺の扱いに問題がありすぎた。

最初こそは俺が一人で住んでたボロアパートよりマシだなと思っていたんだ。

ここには、普通に冷蔵庫もあるし冷暖房もあるし、なんだったら今まで自分で持つことのなかったパソコンまで置いてあるのだ。

最初の一日くらいは収監生活を満喫《まんきつ》していたわけだが、それ以降はそんなこと思う余裕なんて欠片《かけら》もなかった。

あのジャスティスどもがやってきたのだ。

『あっ、この部屋ちょっと味気ないからサボテン置くね』

勝手に人の独房によく分からん観葉植物を置くレッド。

『勉強に必要かなと思って教科書とかノート持ってきたでー』

普通に文句も言えないようなもんを持ってきてくれたイエロー。

『ここ、本を置いていく。読んでもいいよ』

ちらちらと期待するように俺を見ながら空っぽの本棚に本を勝手に置いていくブルー。

そんなことを繰り返しているうちに、俺の住む独房は、とても犯罪者が住むようには思えない生活感に溢《あふ》れたおしゃれな部屋に変えられてしまったのだ。

「俺の独房はお前らの暇つぶしの場所じゃないんだぞ……」

俺が怒ってもにこにこしているだけだし、本当に意味が分からん。

「俺を舐《な》めやがってぇ……！」

昼間は学校があるので奴らはまだ来ない。

独房を出られないことには不自由は感じないので、レッドに教えてもらった動画サイトを見る。

もちろん、暇つぶしのためではなく、自分が世間でどのように見られているかのチェックである。

「酷《ひど》い……酷すぎる……こんなのってねぇだろっ」

動画の題名を見て数秒で心が折れかける。

『黒騎士、ワンパン集』

『黒騎士に分からされる怪人集』

『天然黒騎士くん面白セリフ』

題名だけでこんなお腹《なか》いっぱいになることある？

恐る恐る動画を開いてみると、その内容はジャスティスクルセイダーが敵怪人の罠《わな》にはまり絶体絶命のピンチに陥《おちい》っている場面からはじまった。

『レッド！　こんな雑魚《ざこ》にいつまでも好き勝手にやられるんじゃねぇ！』

『く、黒騎士くん……』

『お前達を倒すのは、この俺だろうが!!　こんなところで負けそうになってんじゃねぇ!!』

割と恥ずかしい悪役ムーブをしている自分に羞恥《しゅうち》に顔を押さえる。

「なんで俺こんなこと言ったんだろ……」

ジャスティスクルセイダーは結構ピンチに陥る。

三人が揃《そろ》えば、かなりの強さを誇る彼女達だが怪人も簡単な相手ではない。真っ当に強い奴もいれば恐ろしく狡猾《こうかつ》で、特殊な能力を使った戦法を用いる奴だっていた。

なし崩し的に俺達は協力してそんな奴らと戦った。

「……だけど、なんだかんだ成長したあいつらとの共闘は楽しくはあったんだよな……」

怪人との戦いを何度も経験していくごとにジャスティスクルセイダーは強くなっていった。

ある意味で俺が一番近くでその成長を見てきたからこそ、今のあいつらに俺は必要ないということが分かってしまう。

「あぁ、クソ。らしくねぇ」

こんなことを考えるなんてほぼ毎日やってくるあいつらのせいで毒されてんのかなぁ。

なんであそこまで俺を仲間にさせようとしているのか分からねぇけど、わざわざ俺を引き入れる必要なんてない。

「……あいつらを認めてるなんて、本人の前じゃ口が裂《さ》けても言えねぇな」

「なにが言えないの？」

「うおおおおおおお!?」

突然、隣からの声に驚き椅子から転げ落ちる。

見上げると、すぐ傍《そば》でブルーが俺を見下ろして立っているではないか。

制服の冬服に身を包み、肩ほどまでの髪と目元にかかるほどの前髪が特徴的な彼女は、にまにまと口をにやつかせている。

「お、おおおおま、お前ぇ！　いきなり背後に立つな!?」

「インターホンも押したし、ちゃんと失礼しますって言って入ったよ？」

じゃあ、悪いのは俺か……!!

不覚、思考に耽《ふけ》りすぎてブルーの接近に気が付かなかった。

「つーかブルー。お前、まだ学校じゃ……」

「終わったよ？　ほら」

ブルーが指さした時計を見れば、既《すで》に一七時を回っていた。

かなりの時間、パソコンを利用していたらしい。

「くっ、俺の自由時間が終わった」

「そうだね。私達の時間だね」

「本当に面《つら》の皮が厚いな、お前」

嫌味も通じやしない。

「……さっきの呟《つぶや》き、聞いたか？」

「え、なんのこと？」

ほっ、よかった。

我ながら結構な独り言を零《こぼ》していたしな。

あれをレッド達に聞かれたら赤面ものだぜ。

「私達との共闘が楽しかったとか、認めているとかしか聞いてない」

「全部聞いてるじゃん!?」

「カツミくん、私達のこと大好きじゃん。これもう追加戦士なのでは？」

「ならねーっつってんだろ!?」

聞かれたくないこと全部聞かれちまってた。

つーか、その時からいたなら声かけろよ!!

「はぁ、最悪だ」

「さっきまでパソコンやってたんだね」

「ああ、俺の地獄みてぇな動画ばっかりあった」

普通に落ち込む俺を他所《よそ》に興味深そうに画面を覗《のぞ》き込《こ》むブルー。

「公式チャンネル見ればいいじゃん」

「公式チャンネルってなんだ……？」

ネット関係には疎《うと》いのでいきなり専門用語を言われても分からない。

「一般の動画と違ってうちの司令が編集して公開してる動画のこと」

「なんでそんなのがあるの……？」

「司令曰《いわ》く、『下手に情報を出し渋るよりいっそのことある程度公開することで、一般の理解を得ることができるのだ』らしい」

「一応、筋は通って……いるのか？」

手慣れた様子でブルーがキーボードを両手で叩く。

すげぇ、両手の指全部使ってる。

最後にターン、と音を鳴らしてサイトを開いた彼女は俺にその公式チャンネルとやらを見せてくる。

「ここで見られるよ」

「お、おう。ありがとな」

「私と君の仲でしょ」

「調子に乗るな」

「ぶー」

さらっと親密になるな。

不貞腐《ふてくさ》れるブルーに苦笑し、画面へと視線を戻す。

動画名に日付と戦った怪人が記されているし、分かりやすいな。

「……うーむ」

それから30分ほどジャスティスクルセイダーと怪人との戦闘記録を見て思う。

「客観的に見ると、俺って結構好き放題しているな」

だが、コメント欄を見ると不思議とそれを嫌うものもないし、むしろむず痒《がゆ》いくらいに応援すらされている。

「なあ、ブルー」

「ん?」

いつの間にか部屋に設置されていたソファーに座り本を読み始めたブルーに話しかける。

「俺って世間じゃどう思われているんだ?」

その質問にブルーは、本を閉じて悩む素振《そぶ》りを見せる。

そこまで悩むほどのものか? と、逆に驚いていると、不意に彼女はこちらを振り向いた。

「優しくて、天然で……変な人」

「へ、変な人……マジかよ」

「うん」

本当に意味が分からない。

俺は、ワルモノとして戦ってきたはずだ。

その間に偶然、怪人に襲われ続けただけなんだ。

自分の認識と周囲の食い違いに混乱しながら、俺はまた額に手を当て唸《うな》ることしかできなかった。

「君はいい人だよ」

「お前もレッドと同じことを言うんだな」

「だってそうなんだもん」

ブルーはこちらを見る。

「私はアカネみたいに君に命を助けられたからジャスティスクルセイダーのブルーになったわけじゃないんだ」

「なんでなったんだ？」

「ド田舎《いなか》から都会に来たかったから」

「嘘《うそ》だろ……？」

「最初の理由はそんなものだよ」

想像を下回ってびっくりしたんだが。

驚く俺にブルーはどこか不安そうな視線を向けてくる。

「幻滅した？」

「……いや、そんなことねぇよ」

実際、俺もブルーとそこまで変わらない。

俺は自由になりたくてスーツを着て夜の街を駆けた。

その自由を邪魔するから怪人と戦ったことがそもそもの始まりだった。

「意外と俺とお前は似た者同士かもしれねぇな」

ご大層な理由なんてないって点では俺もブルーも同じだ。

それに、今のブルーがジャスティスクルセイダーとして戦う理由が最初と同じなわけねぇからな。

「……カツミくん。まさか、私のこと好き？」

「いや、調子に乗んな」

「ふふ、冗談」

会話の緩急《かんきゅう》が急転直下すぎだろ。

どういう流れでそう思ったんだよ。

逆にこっちがびっくりさせられたわ。

第三話　イエローとの勉強会

レッドとブルーの二人と比べて、イエローは幾分《いくぶん》話しやすい相手だ。

あの二人が独特のテンポと押しの強さで会話を進めていくとするなら、こちらの言葉を待って普通に対話してこようとするのがイエローだ。

こういうのをあえて言うのなら……。

「お前って普通だよなぁ」

「なんでいきなりそんなこと言うん？」

いつもの独房の中央に設置されたテーブル。

五つの椅子が備え付けられたテーブルに対面に向かい合うように座った俺の前には、ノートに教科書、それに筆記用具といった勉強道具が並べられている。

「気にしてんのか？」

「べ、べべべ、別に気にしてへんし」

「気にしてるじゃねぇか」

お手本のような震え声だったぞ。

しかし、普通が嫌か……そのせいで口調もわざわざ変えているとなると結構こいつも思い悩んでいるってことなのか？

「普通のなにが悪いんだよ。いいじゃねぇか普通」

「だって、アカネとアオイと比べると私って印象薄いし」

「そんなことねぇと思うけどなぁ」

普通ではあるが別に印象は薄くねぇと思うんだが。

少なくとも俺はお世辞にも普通な人生は送れてなかったからイエローの悩みは贅沢《ぜいたく》に思えてしまう。

「普通普通言うけど、お前そんな細腕で斧《おの》ぶん回しているんだしすげぇ目立つだろ」

「そりゃ目立つけど、そういう風に目立っても全然嬉しくないというか……」

「あー」

さすがに怪力扱いは嬉しくねぇってことか。

俺も何も考えてねぇ脳筋《のうきん》扱いされるのは嫌だしな。

「でも口調変えるのも悪いことばかりじゃないんよ」

「なにかあるのか？」

「いつもの自分とは違う自分でいられる……って感じ。怪人相手にも不思議と強気で戦えるし」

口には出さねぇが優しそうな性格してるもんな。

そういう意味ではあの似非《えせ》関西弁も意味があるんだな。

「カツミくんはどう思ってる？」

「口調のことか？　いや、変ではあるがいいんじゃねぇの？　俺も慣れちまったし今更標準語に戻って喋《しゃべ》られる方が違和感があるな」

「そうなんだ……えへへ」

なに笑ってんだこいつ……。

にまにまするイエローにちょっと引きながら俺は彼女の手元を指さす。

「ほら、手が止まっているぞ。お前、来週からテスト期間ってただろ」

「うっ、そうだけど……カツミくんも一応同級生やん」

「俺は学校に戻れねぇからいいんだよ」

休学ってことにはされているが、おいそれと俺を出すわけにはいかないだろう。

なので俺はまた学校に行くことを諦めてる。

「じゃあ、なんで勉強してるの？」

「習慣。家にいても家事以外なにもすることなかったからな」

テレビもねぇしスマホもなかったからな。

話し相手は一応いたが、基本的に黒騎士として活動する時以外はこの独房にいるときと変わらず筋トレと勉強だけしてたな。

そんな生活に不満は全くなかったが、目の前のイエローは気まずそうな表情を浮かべる。

「え、あ、ごめん」

「やっぱズレてるか？　俺？」

「……うん」

そんな顔をさせるつもりじゃなかったんだが、こういうところで自分の送っていた毎日が普通とはかけ離れていたことを自覚させられちまうな。

変な空気になっちまったし、話題を変えるか。

「そういえば怪人が出た時、どうやって授業抜け出してたんだ？」

こいつらが学生で、しかも同じ高校だと知ったときから気になっていたが、レッド達は怪人が現れた時はどうやって授業を抜け出していたのか。

俺の質問にイエローは特に悩まずに答える。

「クラスメートに事情を知っている協力者がいてね。怪人出現時はその子にフォローしてもらったり、授業中の時はホログラムを投影して、私はチェンジャーの光学迷彩機能で抜け出してた」

「オーバーテクノロジーの連続すぎるだろ」

ホログラムとか光学迷彩とかぽんぽん出してるけどやべぇだろ。

スーツで分かるが、やっぱりここの科学力はずば抜けておかしいな。

「カツミくんはどうやって授業を抜け出してたの？」

「俺？　俺は……裏技を使って抜け出してたな」

「裏技？」

ホログラムとか高度な科学を使ったわけではないのは確かだな。

方法については今のところは明かすつもりもないし、今は使うこともできないので言わないでおく。

「あー、勉強嫌だー」

「学生の本分だろ。大人しくやれ」

「カツミくんもスパルタやー」

唐突にテーブルに突っ伏すイエローに呆《あき》れた視線を向ける。

「お前、ただでさえ怪人との戦いで勉強時間減ってんだからちゃんとやっとけよ」

「そういう真っ当なお説教してくるあたり、カツミくんっていい人やね」

「もういいよ、それで……」

レッド、ブルーに続いてこいつにまでそれを言われてしまって肩を落とす。

「つーか、話してて思ったがなんでカウンセラーの世話になってる俺がお前のカウンセラーやってんだよ」

「あ、確かに。先生って呼んだ方がいい？」

「ふざけんなガラじゃねぇ」

先生なんて呼ばれるほどちゃんとしてねぇし、お前からそう呼ばれるのはむず痒《がゆ》いわ。

「カウンセラーの先生って白川《しらかわ》ちゃんだっけ？」

「ああ」

白川伯阿《はくあ》。

見た目は俺達と同年代なのに医者をやってる奴だ。

俺のことを「かっつん」というあだ名で呼んでくる無礼な奴でもある。

「つーか、今は白川のことはどうでもいい。勉強しろ勉強」

「私、もっとカツミくんとお喋りしたいなぁ。……ダメ？」

上目遣《うわめづか》いでこちらを見るイエローに「なに言ってんだこいつ？」と純粋《じゅんすい》に疑問に思いながら、手をひらひらと振る。

「四の五の言ってねぇでさっさとやれ。赤点とっても知らねぇぞ」

「うぅ、厳しい先生や……」

「だから先生じゃねぇって……」

涙目になってペンを握るイエローに呆《あき》れながらも苦笑する。

お前はまだまだ普通の学生生活を送れるんだから思う存分に満喫《まんきつ》しておけよ。

第四話　黒騎士、答えて、困る。

どうやら俺は精神面がどこか病《や》んでしまっているらしい。

自覚はまったくないのだが、レッド達に負けて自爆しようとしたこととか、無意識に口から飛び出してしまった言葉を考えると、あながち間違いではないのかもしれないと思えてしまった。

「今日はなんかのアンケートをやるって聞いたが、メンタルチェックとかそういうのをやるのか……？」

疑問に思いながら独房内の椅子に腰かける。

今日は質疑応答形式のアンケートとやらが行われると知らされてる。

指定された時間に独房内のスピーカーを通して担当医からの応答形式のアンケートが行われるとのこと。

『はーい、席についたね。かっつん』

「誰がかっつんだ、白川《しらかわ》」

俺が席に座るなり担当医の声が聞こえる。

『白川じゃなくてハクアって呼んでって言ったじゃん』

「そういえばそうだったな、白川」

『全然分かってないよね……？』

白川伯阿《はくあ》。

俺の担当医を名乗る医者であり、見た目がどう見ても同年代なおかしな奴である。

『さて、今から質疑応答形式のアンケートをするわけだけど、これからの会話と映像は記録させてもらうよ？』

「ああ、別に構わねぇよ」

たかがアンケートだ。

別に聞かれて困るもんでもねぇしな。

『それじゃあ今回、私からの質問にできるだけ正直に答えるようにお願いするけど、気分を害した時や質問の意図が理解できなかったら無理に答える必要はないからね』

「分かった」

『うん。じゃあ、始めるよ』

ぺらり、とスピーカー越しに紙を捲《めく》る音が聞こえる。

『質問1、貴方《あなた》は今の生活に不満はありますか？』

「今の生活か……」

不満はないな。

強《し》いて言えばレッド達が毎日のように襲撃《しゅうげき》してくることだが、別に苦でもない。

「立場には不満だらけだが、この部屋の生活に関してはない」

『生活に関してはなし……ね。じゃあ、質問2、ジャスティスクルセイダーは貴方にとってどのような存在かな？』

「俺の好敵手だな。あいつらの言う追加戦士になる気はねぇ」

なんども言っているがそれだけは譲れない。

『質問3、貴方の言うワルモノとはどのようなものを指すのですか？』

正直に答える必要もないし嘘《うそ》でもいいのだが、ここは少し真面目に答えておくべきだろうな。

いつまでも俺のことを勘違いされては困るし。

「誰にも奪われない。奪わせない力を持って、好きに生きている奴。少なくとも俺にとっては今生きている現実に自由なんてものはなかったから黒騎士になった。後悔はしていない」

『…………』

「おい、次の質問は？」

『つ、ああ、ごめん』

正直に言ったが、変に思われちまったのかもしれないな。

こういうところで一般の感性とズレているって、なんとなく分かるようになってしまった。

『質問4、プロトスーツを着た時、なにか異常がありましたか？』

「いや、特にないな」

『……えー、本当に？』

「ああ。全くなかった」

正直に答えたら妙《みよう》に沈黙されたんだが。

短い沈黙の後に再起動した白川が次の質問を投げかけてくる。

『質問5は異常があったときのものだから……次は質問6だね。ええと、君が戦ってきた〝オメガ〟以外の最も強かった怪人はなんですか？』

「オメガ以外となると……際限なく電気を食べるナメクジ怪人。あいつと戦った時は結構面倒だったな」

深夜に都心の発電所付近で電気を食ってる奴を見つけて戦闘になっちゃったんだよなぁ。

つーか、目撃者は殺す！　的な勢いで襲い掛かってきたので応戦したわけだがマジで強かった。

「貯《たくわ》えた電気の分だけ肉体を再生する上に、パワーも底なしだったもんなぁ」

ちょうど発電所から電気をかなり吸い上げた状態だったので相手のコンディションはほぼマックスだった。

幸い、スーツの装甲《そうこう》は電気を通さない絶縁体仕様だったので……。

『治ったところで、電気なくなるまで殴り続ければ勝てるじゃねーか!!』

『ぴぎぃぃぃぃぃ!?』

とりあえず倒れるまで殴り続けた。

そんで電気をすっからかんにして真っ黒な姿になったナメクジ怪人はそのまま力尽きて二度と立ち上がることはなかったわけだ。

「フッ、怪人の行動とはいえ、あの騒ぎで大規模な停電が起きたからな」

ある意味で俺と怪人、はじめてのコンビネーションの賜物《たまもの》といってもいい。

「まさしく、俺史上、最大最悪の悪事だぜ……」

『あれ、ナメクジ怪人の生態調査したらもっと悪いことになってた疑惑が出て、君が悪いと思われてないよ』

「なんでだよ!?」

まさかの事実に狼狽《うろた》える。

あれ以上の悪いことってなんだよちくしょう……。

『なんか体内に電気を貯めこむ異次元空間があったらしくて取り返しがつかなくなる前に君が倒してくれた……ってことになってる』

「なんて面倒な生態してやがるあのナメクジ野郎!!」

思っていた以上にとんでもねぇ能力じゃねぇか。

じゃあ、早めに倒せてよかったんだな……俺は全然よくねぇけどな!!

『他に強かった怪人とかいる？』

「はぁ……実体のない幽霊怪人とか面倒だった。超能力系は遠距離攻撃してこなきゃ脅威《きょうい》じゃなかったしなぁ。マグマ怪人と……あ、触れると強制的に笑わせてくる奴とかやばかったな。俺は笑えなかったけど」

まあ、ジャスティスクルセイダーが出る前に倒した奴らならこれくらいだろ。

……つーか、あいつらが襲ってくるから俺も満足に活動できなかったし、本当に怪人って面倒な存在だったわ。

「あとは、アルファだな」

『……。私は知らないけど、どういう怪人なの？』

「そこまで大した怪人じゃねぇよ。俺が倒した怪人だしな」

あいつは人間に害を及ぼそうとしたから、俺がこの手で……。

『かっつん？　どうしたの？』

「……え、なんだって？」

『次の質問行くけど、いい？』

ボーっとしていたようだ。

心配そうな声色の白川に返事をしてから、手元の水を飲む。

『質問7、ジャスティスクルセイダー以外の組織からの勧誘、接触をされたことはある？もし、されたことがあったならどのような組織に接触されたか教えてね』

勧誘か……黒騎士として活動していた時は結構胡散臭《うさんくさ》い奴らに声をかけられたことがあったが、それも皆興味本位の野次馬とかテレビ局だったたからな。

だがあるかないかで言えば……。

「あったな」

『あったんだ……』

「ああ、路地裏を駆けていると、見るからに怪しい真っ黒コートの男が話しかけてきたんだよな」

当時は怪しい勧誘だと思って、無視したのだが今思えばあれがそうだったのかもしれねぇわ。

そこまで話すとスピーカー越しの白川は少し驚いた様子で声を発する。

『ちょっと意外。かっつんってそういうの無知そうだから無警戒だと思ってた』

「世間知らずではあるが人並みの警戒心はあるぞ、コラ」

ちょっと失礼じゃない？　こいつ本当に俺のカウンセラーかよ。

だがまあ、不気味な感じはしたな。

「邪悪は地の底から、正義は空から……か」

黒ずくめの男が口ずさんでいたフレーズを呟《つぶや》く。

今思い返しても一般人が口にするにはあまりにも仰々《ぎょうぎょう》しい言葉だ。

「じゃあ、次の質問を頼む」

『うん。じゃあ次の質問に移るね。えーと、質問8、君の好きな食べ物はなにかな？』

……んん？

なんだ、俺の聞き間違いか？

明らかに問いかけのレベルが下がった気がするんだが。

「悪い、もう一回言ってくれ」

『君の好きな食べ物を教えてちょーだい』

「……その次の質問は？」

嫌な予感がしたので答えずに先の質問を尋ねてみる。

『質問9、君の好きな本はなんですか？　質問10、ジャスティスクルセイダーの中で誰が最も好印象ですか？　質問11、貴方はジャスティスクルセイダーに入りたいと思いますか？　の以上だよ？』

「おかしくない……？　なぁ、おかしいよな？　おい白川コラァ！　絶対これ途中でレッドとかの手が入ったろ!!」

その前の質問は真面目だったのに、一気にあいつら三人の思惑がちらつくんだが!?

荒ぶる俺に白川は白々しい反応を返す。

『おかしくないわー。極秘アンケートなの』

そうかぁ極秘なんだぁ。

だったらしょうがなくないだろこのたわけがッ！

「そんなんで騙《だま》されると思うなよ！　言っておくが俺はそこまでバカじゃないからな!!」

ちゃんと勉強してたし成績も悪くないし、なんなら独学でスーツの修理とかしていたんだからな。

『答えたくないなら無回答で構わないわよー』

「……ハッ、ならそうさせてもらう」

『かっつんは、恥ずかしくて答えられないようだし』

脳裏《のうり》に浮かぶは、あのジャスティス連中。

無回答を決め込む俺に、悪意の欠片《かけら》のない笑顔を向けてくる奴らの顔。

『ええ、あんなに邪険にしていたのに照れてるんだぁ』

『まあ、そんなに言いたくないなら？　私も？　別に構わへんけどね？　えへへ』

『まったくもって素直じゃない。でもらしいといえば、らしい』

こんな恥辱耐えられない……!!

ただでさえ、俺の立場はかたなしなのにこれ以上俺の尊厳《そんげん》を削らせてたまるか……！

「や、やってやる!!　どっからでもかかってこいや!!」

『さっすが〜』

想像でも奴らに俺が照れているという憶測《おくそく》すら抱かせてはならん！

『それじゃあ、好きな食べ物を教えてね』

「カレー、ハンバーグ、おこさ……っ」

『ん？』

さすがにこの年であれは駄目だな。

絶対からかわれるし。

「……オムライスだ」

『子供舌なんだね！　かわいいね!!』

「好きなんだから仕方ねぇだろ!?」

寿司とかラーメンって言っておけばよかったと後悔しながら、俺はその次の地獄のような質問に答えていくのであった。


あのふざけたアンケートに答えた翌日。

いつものように勉強したり筋トレしたりと退屈な時間を過ごしている俺の元に、最早《もはや》馴染みの顔となりつつあるレッド達がやってきた。

慣れたように五つのカップに紅茶をいれ、いつもの定位置の席に座った彼女達は上機嫌な様子で、持ってきた包みから取り出したものを俺に見せてきた。

「あ、カツミくん、今日たまたまハンバーグ持って来たんだけど、食べる？」

お皿にのせられたハンバーグを持ってくるレッド。

「え、マジ嘘《うそ》、奇遇やわぁー。私もなぜかカレー持って来たから、食べてーな」

大きな鍋を担いでカレーを持ってくるイエロー。

「ちょうど私も推理ものの本を持って来たから食べて？」

そして、前二人につられて本を食わせようとしてくるブルー。

ある意味で予想通りで予想外の行動をしてくる彼女達に、俺は頬《ほお》を引きつらせる。

「分かってたけど、お前ら露骨すぎだろぉ！」

もっと隠す努力をしてくれよ!?

なんか、もう別の意味で怖くなってきたんだけど!?

「いや、真面目になんのこと？　え？」

「わざわざ俺の好物持ってきてその反応は白々しすぎるだろうが……!!」

「え、嘘、好物だったの!?　アカネ、これってあれだよね？　以心伝心……ってやつだよね!?」

「通じちゃったかぁ、心」

「こ、こいつら……」

駄目だ、無敵すぎる。

もう俺は一生こいつらに勝てないのでは？

わなわなと震える俺を他所《よそ》に夕食の準備を進めるレッドとイエロー。

その一方でいつの間にか隣に座っていたブルーが俺の前に持ち込んだ小説を見せてきた。

「カツミくん、カツミくん、推理小説。食べて」

「食べねぇよ、普通に読むわ!!」

そしてお前は引くに引けなくて本食わせようとするんじゃねぇ!?

第五話　彼が見た悪夢

いつも見る夢だ。

今日未明、×××行きの旅客機が墜落。

暗い、瓦礫《がれき》に溢《あふ》れたとても狭い空間の中で、おれは生きていた。
鼻をつく臭《にお》い。
上から滴《したた》り落《お》ちてくる、雨水だけがおれの命を繋《つな》ぐ。

救出活動を開始、生存者の捜索を試みる。

おれを、見ている。
生気を失った二つの視線。

あの優しかった表情も目も、苦悶《くもん》に満ちたものへと変えておれを見続けている。
おれは目を背けることができなかった。
からだは瓦礫に挟まれ、ほとんど動くことができなかったからだ。

死者多数、生存者は絶望的か。

くるしい。
もうやめて。
ようやく、この地獄から解放される。

墜落から三日後！ 瓦礫から七歳の子供が救出！

一人だけ、生き残ってしまった。
おれいがい、みんな、いなくなってしまった。

奇跡の子、絶体絶命の窮地からの救出劇！

「カツミくん！ 当時の状況を教えてほしいんだ!!」

やめて。

「いったいあの場でなにがあったんだい!?　カツミくん!!」

ほうっておいて。

「黙ってないでなにかを言ってくれ!!」

テレビ　なんて　だいっきらいだ。

「亡くなったご家族について、なにか一言を!?」

もう　だれとも　かかわりあいたくない。

「なぜ答えてくれないんですか！　我々には真実を伝える義務があるんです!!」

なんで　おれ　生きているんだろう。

「大丈夫だよ。大丈夫……」

ふと、誰かのはっきりとした声が聞こえた瞬間、俺を取り囲み言葉にならない言葉をなげつけてきた黒い人影の姿が掻《か》き消《き》えた。

次に感じたのは誰かに抱きしめられているかのような感覚。

意識が浮上し、気《け》だるい感覚に顔を顰《しか》めながら目を開けると、目の前には嫌味なくらい整った顔があった。

「あ、起きた？　大丈夫？」

「レッド……？」

「うん」

眠ってしまっていたのか。

それでいつもの悪夢を見て、うなされているところをレッドに抱きしめられたということか。

状況を全て理解した俺は、おもむろに立ち上がり、トイレへと駆けこみ扉を閉める。

「あ、照れているのかな？」

そんな呑気《のんき》な声が聞こえているが、俺は苦悶の表情を浮かべたままその場で膝《ひざ》をつき……。

「おうろろろろ！」

「「「えええええええ!?」」」

胸からこみ上げるものを吐いてしまう。

トイレから出て冷蔵庫の水を飲み口内を潤していると、唖然《あぜん》とした様子のレッド達が俺を見ていることに気付く。

……悪いことをしちまったな。

いくらなんでもさっきのはないか。

「悪い。気にするな、お前のせいじゃねぇよ」

「いや気にするよ!? 私の心はボロボロだよ!? 吐くことないと思うんだけど!! ……び、美少女の抱擁《ほうよう》だよ!?」

「自分で言うか普通」

すっげぇ自信だな、事実だけど。

まあ、俺が普通に学校行ってた時は普通に人気者だったから、間違いはないんだろうな。

俺には通じないが。

「まあ、正直、ざまぁないとは思ったわ」

「うん」

同じ部屋で見ていたイエローとブルーも中々に酷《ひど》いことを言っている。

口を尖《とが》らせたレッドは、彼女達をジト目で見る。

「貴女《あなた》達って味方だよね……?」

「場合によっては最大の敵に回るで」

「調子に乗るなよ、レッド。いつまでもリーダーでいられると思うな」

「友情崩壊!?」

イエローとブルーに睨《にら》まれ落ち込むレッド。

最早、こいつらが勝手に部屋に入り浸っている事実にはツッコむ気力も湧《わ》かない。

胡乱《うろん》な視線を三人に向けていると、奴らは一つのテーブルを三人で囲みながら何かをしていることに気付く。

こいつらが俺の独房で好き放題やっていることは当たり前になってきてしまったので、諦めのため息をつきながら五つあるうちの一つの椅子に座る。

「で、なにしてんの？」

「え、クイズ大会」

「本当になにしてんの？」

俺の閉じ込められている部屋でやることじゃないよね？

しかしクイズ大会っていうわりにはテーブルに出されているのはノートパソコンだけだ。

「問題はどこにあるんだ？」

「いや、音声プログラムを組んで読んでもらおうかなって」

「無駄に多芸だな……」

「理系ですから」

そうだな、俺の爆弾解除するほどだもんな。

それが理系の力かどうかは分からんけど。

「ね、カツミくんもクイズやってみる？」

「はぁ？　嫌だよ。俺はお前らと馴れ合うつもりはねぇんだ」

こいつらは定期的に俺をジャスティスクルセイダーにいれようと勧誘してくるが、俺は絶対に入らん。

たとえ世間がなんと言おうとも、この俺だけは絶対に、絶対に絶対に入ってやらない。

「もしかして、負けるのが怖いん？」

「は？　今なんつった？　怖いわけねぇだろ」

「うわちょろ……いや、そこまでクイズを避けるってことは苦手なんやなぁって」

煽《あお》るような口調のイエローに頬《ほお》が引きつる
この俺がクイズごときで負けるのを恐れる？

「やってやろうじゃねーか！　俺が負けたら、追加戦士になること以外なんでも言うこと聞いてやるわ!!」

「じゃ、私達が負けたら、ご飯奢《おご》ってあげるよ」

「めちゃくちゃ高いの奢らせてやる……！」

出前とか食ったことないから、楽しみだぜ……!!

「もうちょっと待って、すぐに問題を作るから」

なんだかんだで受けてしまったが、まだまだ問題が出来上がるまで時間がかかるようだ。

ブルーはパソコンで問題を作っているとして、回答者は俺とレッドとイエローの三人か。

腕を組みながら俺は心理戦を仕掛けるべく、二人に話しかける。

「この勝負を仕掛けたことを後悔しろよ……！　俺はな、クイズ怪人を倒したほどの男だからな……!!」

「え、なにその弱そうな怪人。強いの？」

その名の通りにクイズを出してくる怪人。

こいつの性質《たち》の悪いところは一定範囲内の人間を丸ごと回答者として強制参加させてクイズを出題してくるところだ。

不正解すれば、連帯責任で絶対に避《さ》けられないペナルティを下してこようとするのが厄介だったな。

「どうやって倒したん？」

「超遠距離からの投石で頭のクエスチョンマークをぶちぬいてやった」

「それは、クイズに勝ったと言えるのかな……？」

一度真正面から戦ってはみたが、範囲内はクイズに正解しなければ攻撃与えられねぇし、よしんば正解しても大したダメージを与えられるわけじゃなかった。

「それじゃあさ、幽霊怪人ってどうやって倒したの？」

「お前ら、さも当然のようにアンケートの内容を知ってんだな」

守秘義務はどうしたんだよ……。

「え、だって白川《しらかわ》ちゃんにのみ見せるって書いたけど、白川ちゃんが喋《しゃべ》っちゃいけないとは書いてなかったし」

「いや、医者の守秘義務とかあんだろ。なに俺が悪いみたいに言ってんだよ……」

おかしいだろ常識的に。

……………。

なんで俺がこいつらに常識を語らなきゃならないんだよ……。

「まあまあ、教えてーな。ぶっちゃけさ、君のアンケートのせいで上の人達が頭悩ませるどころじゃないことになってるからさ」

「はぁ、しょうがない。後で同じアンケートをされるのも嫌だしな……」

ため息をつき、幽霊怪人について説明する。

「幽霊怪人ってのは物理攻撃も効かない代わりに、相手からも攻撃することができない奴だったんだよ」

「へぇ、結構楽そうな相手だね」

「その代わり、日本ホラーさながらの精神攻撃をしてくる」

一瞬にしてレッドの顔が青くなる、レッドなのに。

正直、この怪人にはあまりいい印象がない。

だがこいつらのことだ。下手に隠すとすぐに勘づいて鬱陶《うっとう》しく心配してくるから正直に話しておこう。

「奴は戦ってる相手の心を覗《のぞ》き込《こ》んで、記憶に刻み込まれた死別した人間に化《ば》ける」

「……すっごい性質《たち》が悪いね」

「それが能力だからな」

本人そのものを憑依《ひょうい》させるわけじゃないが降霊術っぽい感じだ。

感情、性格、仕草、全てを真似て、相手を精神的に追い込み、弱り切った魂を抜き取り力とするような奴だった。

「まあ、俺には効かなかったけど」

「え、でも、カツミくんの時って多分……」

「ああ、家族だったよ」

「「「……っ」」」

だからさ、お前らにそんな顔をさせるために話したわけじゃないんだよ。

バツが悪くなった俺は早口で続きの言葉を口にする。

「別に。あの程度の恨み言なんて、俺には効かなかっただけだ」

「そ、そうなんだ……」

怪人としての姿だとあらゆる攻撃が効かない無敵な奴だが、人に化けたせいで実体を持っちまったんだろうな。

「幽霊怪人は死人に化けてる時は実体があったからな。そのままぶん殴って簡単に倒せたよ」

「私、幽霊苦手だから戦わなくてよかったぁ……」

「うんうん」

……今度、欲しい物リストにホラー映画って書いておこ。

レッドとイエローよけに、大音量で流して追い払えるか試そう。

「笑わせ怪人【スマイリー】は？　あれって結構な被害があったよね」

「私も知ってる。突然、意味もなく笑い出した人が大勢出て、交通事故とかもたくさん起こったり、一時は都心の機能が停止するくらいの騒ぎに発展したんだっけ？」

そこまでの騒ぎになっていたのか。

いや、奴の能力を考えるとおかしくはないのか。

「笑わせ怪人の能力は単純。奴に触れられた人間は、生きていた中で最も幸せだった瞬間を強制的に思い出させられ、多幸感のあまり笑っちまうんだ」

「へぇ、能力だけならなんか優しそうな力やね」

「それだけならよかったんだがな。厄介なのは、触れられた人間からも、効果が伝染するってところだ」

そのやばさにすぐに気づいたのはブルー。

パソコンからこちらへ顔を上げた彼女は、顔を青ざめさせる。

「それって……街中で肩とかぶつかってもうつるってことだよね？」

「その通りだ。だから、被害が大きく広がった」

脳裏《のうり》によぎるのはピエロ姿で笑顔を振りまく怪人の姿。

軽快な動きですれ違う人々の肩に触れていきながら、笑顔を増やしていった奴の姿は出来の悪いホラー映画に出てくるような得体のしれない恐ろしさがあった。

「効果は多分、笑わせ怪人が生きている間だろうな。その間、どんなことをしても絶対に笑いは収まらない」

「……な、なんだか怖いね」

「そうじゃなけりゃ怪人じゃないだろ」

笑わせる、ただそれだけなら良かった。

笑った人間は喜び以外の感情を剥奪《はくだつ》され、言葉を交《か》わすこともできなくなってしまう。

「笑わせ怪人はどうやって倒したん？」

「……。まあ、触れられる前に始末しただけ。戦闘力自体はそれほどでもなかったし。お前らでも楽勝だよ」

単純に触れられても笑えなかっただけだけど。

どいつもこいつも面倒くさい奴らばっかりだ。

まあ、俺としては電気ナメクジ怪人が一番厄介だったけど。

「できたよ」

と、怪人のことを話している間にクイズが出来上がったようだ。

パソコンを操作し、俺達を見たブルーは、レッドとイエローに視線を送ってから俺を見る。

「ルールは単純。出した問題の答えが分かったら、声を出して答えること」

「おう」

「回答ははっきり、思いを籠《こ》めてね」

「なんで……?」

「そうじゃなきゃ伝わらないから」

え、別に操作するのはお前で、パソコンが答えの正誤を決めるわけじゃないよな?

意味深な確認をするブルーに首を傾《かし》げている間に、クイズが始まる。

『これから、ジャスティスクルセイダー主催、ドキドキワクワクのクイズ大会を始めます』

「無駄に凝《こ》ってんな……」

パソコンが喋るってのはすごいな……。

ここに来るまで持っていなかったから、こういうのを見ると時代の進歩というのを理解させられるな。

「あとこういうのもある」

『アオイ様ばんざい。アオイ様はジャスティスクルセイダーの真なるリーダー』

「ちょっと？　やっぱり狙ってるよね、リーダーの座!?」

ツッコむレッドを無視してブルーは続けてパソコンを操作する。

すると、再び、パソコンから音声が流れてくる。


『条件の確認をいたします。アカネ様、キララ様の勝利で、カツミ様への命令権を獲得。カツミ様の勝利で敗者が彼に食事を奢る、または作る義務を獲得。出題されるクイズの答えが分かり次第、口頭でマスターであるアオイ様に伝え、正解すれば1ポイントとなります。以上、よろしいでしょうか』


異論はない。

なぜか奢る項目に飯を作るって条件が追加されてる気もするが気にするほどでもない。

『では、クイズを開始いたします。第一問』

「よーし、頑張るぞー」

「やったるでー」

これもジャスティスクルセイダーとの戦い。

誰が一番賢いのかを教えてやるぜ……!!

『ジャスティスクルセイダーのレッドの苗字は新坂《あらさか》。さて下の名前はなんでしょうか？』

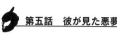

………。

「ねえ、ちょっと待って？」

一瞬頭が真っ白になったが、え、なに？　なんでこんなこいつらにとって答えが分かり切った問題を？

明らかな異常事態に隣のレッドを見ると、彼女は苦悶の表情のまま頭を抱えている。

「なんて難しい問題なんだろう……!?　レッドの本名っていったいなんなの？」

「お前の名前だよね？　ねえ、なんで知らないふりしてんの!?　白々しいことこの上ないんだけど!!」

いきなり記憶喪失!?

明らかにわざとっぽく悩みだすレッドは、俺の反応を見るとさらにわざとらしい素振《そぶ》りで驚く。

「あれっ!?　もしかしてカツミくん、答えが分かっているの!?　なら言ってみてよー！」

「わぁぁ〜すごい。さすがはクイズ怪人を倒した男。さらに見直したわぁ」

「渾身《こんしん》の問題をもう分かるなんて、さすがは黒騎士。やるね」

まるで示し合わせたように動き出すイエローとブルー。

ここで俺は自分が嵌《は》められたことを悟《さと》る。

「お、おおお、おま、お前ら、ま、まさか最初から」

「なんのこと？　あ、問題は全部で三問だよ。君なら全問正解できるかもしれないね」

三問!?

流れからして、こいつらの下の名前を呼ばなくちゃならねぇじゃん!?

「こ、こんな勝負は無効だ!!　俺はやめる!!」

「駄目だよ」

椅子から立ち上がろうとした俺の肩を両サイドに座っていたレッドとイエローが押さえつける。

普段の彼女達からは想像できない力と、凄《すご》みに立ち上がることができなくなる。

「言ったよねぇ、負けたらなんでも言うこと聞くって」

「まさか、あんな啖呵《たんか》切ったのにやめるなんて……言わへんよなぁ」

「もし勝負を放棄したらその時点で負けだから」

なにこいつら怖くない……?

怪人よりも狡猾《こうかつ》なことしてくるんだけど。

「言うことを聞いてやるなんて、言ってないぞ。そ、そんな証拠はどこにもないしな!!」

こうなったら意地でも条件を踏み倒して逃げてやる!

こんなことで監視カメラの映像をとってくるはずがないだろうし、ここで抵抗し続けていればこいつらもきっと諦めるはず!!

『やってやろうじゃねーか!　俺が負けたら、追加戦士になること以外なんでも言うこと聞いてやるわ!!』

と、ここでブルーが操作したパソコンから俺の声と思わしき音声が鳴り響く。

こ、これは、さっきイエローの挑発に乗って勢いで口にした言葉……。

「お前らそれでもヒーローかよぉ!?　……ハッ!?」

よく考えたらこれって勝っても負けてもこいつらに得しかないじゃん!?

ジャスティスクルセイダーの活動は命張ってんだし、たくさん給料とかもらえているはずだ。

そんな奴らに、出前程度払うのは訳ないはず。

対して、俺はどうだ。

勝つには、こいつらを下の名前で呼ばなければならない。

負ければ、ジャスティスクルセイダー入り以外のことをなんでも聞かなければならない。

どちらも選んでも、地獄……ならば……。

「答えは、アカネ……!」

よりリスクの少ない勝つ方にするしかない。

口に出してから、自分の中のなにかが大きくすり減ったような感覚に苛《さいな》まれる。

こいつらと慣れ合わないように、名前で呼ばないようにしてきたのに、こいつらこんな手を使ってくるとか信じられねぇよ……!!

「せいかーい。よくできました♪」

ブルーの正解を告げる声に歯を噛《か》みしめ耐える。

　このパソコンを今すぐぶっ壊してジャンクに変えてやりたいが、きっと高いのでしない……！　我慢する……！

　隣にいるレッドは、俺が名前で呼んだのを聞いたのか、暫《しば》し呆然《ぼうぜん》とした後に不意に頬を赤く染めた。

「え、い、いや、なんかいざ呼ばれるとそのすっごいドキドキするねっ！　えへへ……や、やっぱまだレッドでいいよ。照れちゃうし」

「お前、マジはっ倒すぞ!?」

　ここまできてその反応はないだろぉ!?

　両頬に手を当て照れるレッド。

　顔に熱を感じながら怒りをぶつけようとすると、その前に隣のイエローが俺の肩に手を置いた。

「さあ」

「次の問題、やろうね」

『第二問』

「ひぇっ」

　クイズはまだまだ終わらない。

　後、二問も残っているパソコン画面を見た俺は、絶望の表情を浮かべるのであった。

第六話　三色戦隊、お説教と今後の計画

最初に黒騎士くんと会ったのは、中学三年生の頃だった。

学校から帰るのが遅れて、急ぎ足で塾に向かう途中で近道をしようとして狭い路地に入りこんだ時、不幸にも怪人と遭遇《そうぐう》してしまった。

「おやおやおやぁ、まぁさか、人間に見つかるとは露《つゆ》ほども思いもしませんでしたぁ」

怪人の存在は黒騎士くんよりも早く都市伝説として噂《うわさ》されていた。

人を陰から襲う怪物。

出ては消え、出ては消えを繰り返すことからその存在が完全に認知はされていなかったものの、その犠牲者は確実に私達の日常を蝕《むしば》むほどに増えていた。

そして、その時の私の目の前に現れたのは、ガスマスクのようなものを被った四本腕の怪人。

「はじめまして、お嬢さん。私は大気怪人ガスエアーと申します」

逃げなきゃと、すぐに後ろを向いて走り出そうとしたけれど、一歩も踏み出すこともなく私の身体《からだ》は地面へ倒れ伏すことになった。

「が、ぁ、たす……ぁ」

息ができない。

いや、かすかに呼吸はできていたけれど、その時は私がかろうじて意識を保っていられる最低限の呼吸を強制されているような感覚だった。

「あらあらあら、苦しそうですねぇ。ほとんど息ができませんか？　安心してください、真空にはしていませんからぁ。じわり、じわりと、息ができなくなっていく恐怖を見せていただくためには、加減が必要ですからねぇ」

「ぁ、かは……」

苦しい。

明確な死の気配に絶望し、涙が止まらなかった。

そんな私の顔を覗《のぞ》き込《こ》んだ怪人は、まるで高揚したような笑顔を浮かべた。

「あぁ、いい！　とてもいい!!　でも、しかし、まだ、一人では駄目だ!!　もっと見たい!!　もっと味わいたい!!　あぁ、そのためには、たくさん玩具《おもちゃ》が集まる場所が必要ですねぇ……」

今思えば、危険だったのは私だけじゃなかったのだろう。

この怪人は空気に干渉することができる怪人。

こいつがやろうとしていたことは、その能力を利用した大量虐殺《たいりょうぎゃくさつ》。

「駄目だ、もう耐えられない。ここら一帯の空気を全て」

「よぉ」

私でも怪人でもない誰かの声。

その声に真っ先に反応した怪人は、声のする方に振り向いた。

「貴様！　黒き」

次の瞬間「ぱんっ！」という軽い音が路地に響いた。

その音と同時に息ができるようになって、懸命《けんめい》に呼吸をしながら顔を上げると、目の前にいた怪人が頭を失い、そのまま崩れ落ちる光景が飛び込んで来た。

「俺を狙った奴じゃないのか？　……どっちにしろ同じか」

怪人の代わりに立っていたのは、男の子が見るアニメや漫画に出てくるような鎧《よろい》を着た男の人。

彼はその手に持ったボールのようなものを地面へと投げ捨てる。

「ひっ⁉」

それは先ほど、私を苦しめて悦《えつ》に入《い》っていた怪人の生首だった。

人間とは異なる、まるで玩具のようなそれに声を上げて怯《おび》える私に、男がようやく気付く。

「悪い。見せるもんじゃねぇな」

怪人の頭を私の見えないところに放り投げてくれた。

噂で聞いていたよりもずっと人間っぽくて、それで少し安心しちゃった私は思わず彼に声をかけようとしてしまう。

「あ、ああああ、あの、その……」

月明かりに照らされた彼の姿は、私が思っていた以上にメカメカしいものだった。

全身を覆う真っ黒なスーツに、横長の複眼が目立つ頭部全体を覆う仮面。

肩、胸部、足、腕には無理やり後付けしたようなプレート、塗装が剥《は》げたそれは鈍色《にびいろ》の光を反射させ、肩と胸部の左部分には、コードやパイプなどが伸びていた。

そしてその胸部には『0』という数字が刻み込まれていた。

まるで未完成のものを無理やり強化させたようなその姿に、目を奪われてしまった。

「……誰だ」

「え？」

私に声をかけようとした彼が、突然後ろを振り向いた。

彼の視線の先、古い家電が積み上げられた場所の上にいつのまにか髪の長い女の子が座り込んでいる。

「こいつがやられてるとき、助けに来なかったな？　お前はなんだ？」

「私は中立だよ。人間にも怪人にも味方しない。だけれど、君のことは好きだ」

と、突然の告白……？

彼は警戒するように私を背にするように移動し、拳を構えた。

女の子は両手を上げて降参するようなそぶりを見せながら苦笑する。

「はじめまして、私はアルファ。私は君と友達になりにきた。どうか末永くよろしくね」

綺麗《きれい》な、まるで絵画の世界から出てきたような現実離れした容姿の女の子。

だけど、なんだろう。

彼女の口にした名前も、その一目で印象に残る容姿すらも思い出せない。

彼と少女がなにかを話していたが、言葉は聞こえず、私の記憶はそこでぷっつりと途切れてしまっていた。


それが、私と彼、黒騎士ことカツミくんとの出会いだった。

多分、カツミくんの方は覚えていないだろうけど、間違いなく彼は私にとっての命の恩人なんだ。

「アカネ、アカネ！」

「うぅ？」

……うっかり眠っていたみたい。

「なにやってんの？　社長室、ついたよ」

エレベーターの壁によりかかりうたた寝をしていた私を、キララが起こしてくれる。

イエローとして活動するときは変な関西弁を使う子だけど、それ以外の時は普通に喋《しゃべ》ってくれる。

まあ、私達からすれば結構混乱するんだけどね……。

「社長、なんの話だろうね」

「また変なギャグでも考え付いたんじゃないの？」

ジャスティスクルセイダーの本部。

一般人には知られていないこの場所は、表向きは世界的な企業の所有する建物として、政府に守られている場所である。

その企業の社長こそが私達をジャスティスクルセイダーとして任命し、怪人と戦うための戦闘スーツを作り出した稀代《きたい》の天才科学者である金崎令馬《かねざきれいま》である。

今日は、そんな人に呼び出されて本部最上階近くの社長室にまで足を運んでいた。

「失礼しまーす。社長、ジャスティスクルセイダー到着しましたよー」

扉の前で私がそう口にするとひとりでにすぐに扉が開かれる。

扉の先にある社長室の真ん中には、学校で使われている机と椅子が三つ置かれており、その前にホワイトボードが用意されていた。

「来ましたね、皆さん」

「社長……なんですか、その口調」

「死ぬほど敬語似合わないね」

「違和感がすごい」

「シゥシャラップッ！」

やたら腹の立つ発音と共に声を発しながら、私達の前に出てきたのは金髪をオールバックにさせた痩身《そうしん》の男性。

ＫＡＮＥＺＡＫＩコーポレーション代表取締役社長、金崎令馬。

彼は普段の変態的な行動とは異なる真面目な様子で私達の前に出てきた。

その姿は、どういう訳か学校の教師のようなちょっと地味目な服装の上に白衣を纏《まと》っている。

「先生はとても怒っています」

「は、はぁ……？」

先生？　だから見るからに教師っぽいコスプレをしているのかこの人は。

常に形から入る人だから不思議ではないけど、今回はいったいどんな用なのだろうか？

少なくともスーツは無断使用していないし、怒られる心当たりはない。

「お前達、彼を騙《だま》して名前を呼ばせるのは駄目だろ……さすがの先生もドン引きだ」

「「「………………」」」

心当たりがありすぎた。

用意された机に私達がつくと、社長は悩まし気な様子でホワイトボードの前に立った。

「言い訳を聞こう」

ここは私が言うべきかな。

三人でやりはしたが、提案者は私だったからね。

「頼んでも名前で呼んでくれないし、こうなったら切っ掛けだけでも作ればいいかなって……」

「気持ちは分からなくもないが、それをするには悪手だったな」

正論を言われ言葉に詰まる。

正直、彼に悪いことをしちゃったと思ってる。

でも距離を詰めるにしてもまずは名前を呼んでもらわなきゃいけないと思って、少し無茶をしてみようと考えたのだ。

「彼はよくも悪くも悪意には敏感だ。よりにもよってお前達からそうされるとは思っていなかったから少なからずショックを受けているはずだ」

「……カツミくん」

つまりは、一応の信頼をされていたということになる。カツミくんにした仕打ちを客観的に指摘された私達は一様に落ち込んだ。

「だがあの強引さは悪くはなかった。彼の心を開くには、それくらいの強引さも必要なのは当たっていたのだ」

「間違っていたのは、やり方ですか？」

「その通り。口ではつんけんしてても、彼は無理に突き放したりはしない。つまり、彼はツン８：デレ２の割合で君達に対応していることになるのだ……！」

ホワイトボードに書き込みながら社長はそう説明してくれる。

だけどそんな説明だけで喜べるほど私は楽観的じゃない。

「でも、うなされた彼を抱きしめたときは吐かれたし……」

滅茶苦茶勇気を出したし、なんなら心臓バックバクだったのにまさかあんな反応をされるとは思わなかった。

さすがに馴れ馴れしすぎちゃったかな……。

「いや、あれはいい判断だった。あの時の対応はアレで間違いはなかった」

嫌がられて嘔吐《おうと》されるのって相当やばいような気がするんだけど。

「あれはお前のせいで吐いたんじゃない」

「……え」

「彼が夢にうなされた後は、いつもああだ。だから彼のメンタルケアが必須なのだ」

胸が締め付けられるような感覚に苛《さいな》まれる。

決して、自分が吐かれるほどに気持ち悪がられたわけではないことへの安堵《あんど》ではなく、カツミくんの身に起こっている異常への焦燥感《しょうそうかん》であった。

あの時のカツミくんは異常なほどにうなされていて、まるで助けを求める子供のようだった。

「いったい、カツミくんの過去になにがあったんですか？」

私がそう聞くと、社長は悩まし気な顔で顎《あご》に手を当てる。

「彼の過去はこちらとしても調査は済んでいる。だが、それをお前達に教えることは絶対にできない」

「ッ……なぜですか!?」

「間違いなくお前達は彼に同情するからだ。その境遇、仕打ち、悲しみに共感し、これまでとは変わった視点で彼を見てしまう。彼と関わることになる君達に、そうさせるわけにはいかない」

そんなに、酷《ひど》いものなの？

両親がいないと判明した時点で壮絶な過去を背負っていることはなんとなく察していたけれど……。

「それでは駄目なのだ。お前達は同情で彼と仲良くしたいのか？　傷の舐《な》めあいをしたいのか？　違うだろう？」

「「「…………」」」

「だが、そこまで聞きたいと思うのなら、相応の覚悟をしておけ。七歳の頃の彼が見た地獄は、ネットなどで囁《ささや》かれているような、おふざけ程度のものの比じゃない」

ここで彼の過去を聞くのは簡単だけれど、社長の言う通りだ。

私達は私達の力で、カツミくんの心を開かなければならないのだ。

「まあ、彼のバイタルと機嫌自体はその後の出前の高級肉寿司で全回復したんだけどな」

「「「えええええ!?」」」

「いや、お前らがお詫《わ》びもかねて頼んだじゃないか。一緒に仲良く食ってただろう」

ここまで説教しておいて、カツミくんの方は肉寿司で機嫌直っちゃうの!?

い、いや、出前という存在自体にウキウキしていた節《ふし》はあったよ!?　確かに食べている時はにこにこした表情だったけれども!?

空気そのものをぶち壊す社長の言葉に、私達は椅子に座りながらずっこけそうになる。

「さて、お説教も終わったことだしそろそろ私も元の感じに戻るとしよう」

面倒くさそうに白衣を床に放り投げた彼は、オールバックにさせた金髪を崩しいつものおちゃらけた風体《ふうてい》へと戻る。

「先日、彼の身体検査を行った。プロトスーツを着用した副作用について調べるためにな」

「結果は、どうでした？」

彼が黒騎士として変身するために用いていたプロトスーツは、私達の使っているジャスティスースーツとは違い装着者に危険をもたらすもの。

彼はそれを二年近くも使い続けているから、なにかしら見えないところで副作用に苛まれていても不思議じゃない。

「文句なしの健康体だよ。寿命も減っている様子もなし、微塵《みじん》もプロトスーツの影響を受けていない」

「そのプロトスーツってのが最初から無害だった可能性は？」

「ない」

アオイの質問に社長が即答する。

「あれを彼以外が着用すれば基本内側から破裂する。でなければ全身が負荷に耐えられず自壊し死に至る。もちろん、それは今も変わらず、彼だけがなんのリスクもなくプロトスーツを着用できる」

「……そんな危険なものだったんだ」

「だからこそ彼は特別なのだ」

そう言って社長は手元のタブレットに視線を移す。

「彼はいたって普通の人間だ。生い立ちこそは不幸ではあるが、彼の肉体が変質しているような事態は起こってはいない。私としては、最悪怪人化くらいはしているかなと予想していたが……まったく、本当に不思議な人間だよ、彼は」

「冗談でも怪人化だなんて言わないでください……」

怪人化なんて冗談じゃない。

そういう意味を籠《こ》めて睨《にら》みつけると、社長は飄々《ひょうひょう》とした様子で肩をすくめる。

「謎が解けない方がもっと恐ろしいいだろう？　なにせ、理由が分からないんだからな」

「ちょっと社長！　その言い方はないと思います!!」

「イエロォッ！　私が不真面目な時は似非《えせ》関西弁で話せ！　没個性すぎて見分けがつかんっ！」

「うぅ、ひどい……」

ここに来て初めて喋《しゃべ》ったキララに、指を突きつけ関西弁を喋るように強要させる社長。

もう何度も見たやり取りだけど、なにかこだわりがあるのだろうか？

「私が人生の全てと才能を懸《か》けて作り出した人体拡張強化スーツ。略してジャスティスチェンジャーは見事、怪人という脅威へと対抗することに成功した」

「全然、略せてないんやけど」

「その甲斐《かい》もあって政府と連携し、ジャスティスクルセイダーを組織し、スーツに適合する人間を健康診断と偽装したテストにより見つけ出したのがお前達だ!!」

やっていることが本当に悪の組織なんだよねぇ。

隠して行う理由も分かるけど、この人がやっていると一気にマッドサイエンティスト感が増すというか。

「だがジャスティスチェンジャーは三人の力を一つに束ねるものだとすれば、黒騎士、否《いな》！　ジャスティスチェンジャー試作ゼロはその以前の段階、強大なエネルギーを一つのスーツで制御するためのもの!!　故《ゆえ》に、三人で負担を分けるはずの機能を、一人でこなさなければならないのだ!!」

勢いに乗った社長はペンをとりながらホワイトボードに文字を書きなぐっていく。

「だがしかぁし!!　そもそもプロトスーツはそのような出力を引き出せるものではなく、逆に次世代型のスーツ一着にも劣る性能だった。つまりは、欠陥品!!　失敗作なのである!!」

あれかな？　一般自動車にスポーツカー用のエンジン詰め込んだって感じなのかな？

「だからこそ、私は断腸の思いで処分を決意した……はずなのだが、どういう神の悪戯《いたずら》かプロトスーツは当時中学生の子供、穂村克己《ほむらかつみ》の手に渡ることになった!!」

そう、カツミくんは中学生の頃から既に戦い始めていた。

本格的な戦闘は高校からになるのだろうけど、それを含めても異常の一言に尽きる。

「なぜ彼はスーツの性能を引き出せる!!　なぜ怪人を倒せる!!　なぜリスクもなしに扱い続けていられる!!　私はどうしても、その秘密が知りたい!!　そのためなら極寒の海を全裸で泳ぐくらいのことを厭《いと》わないくらいの覚悟がある……!!」

なんで貴方《あなた》がそんな覚悟を決める必要があるの？

完全にマッドサイエンティストモードになった社長はひとしきり叫んだ後に急に落ち着きを取り戻した。

「と、いうことで近いうちに、彼にスーツを着てもらって能力値の測定を行うことになった」

「「「はぁ!?」」」

なにをあっさり言っているんだこの人は！

「既に彼には許可をもらってある。ずっとあそこにいたから本部内でもいいから出歩きたかったのだろう。すぐに了承してくれたよ。まあ、私の作った新スーツは断られてしまったけどな、ハッハッハ」

用意周到すぎる社長に開いた口が塞《ふさ》がらない。

「あと、今日はお前達に伝えようと思ったことがあるんだ」

続けて畳みかけるようにこちらへ社長が振り向く。

懐《ふところ》からタブレットを取り出した彼がなにかを操作すると、社長室に聞き覚えのある音声が流れてくる。

『他に強かった怪人とかいる？』

『はぁ……実体のない幽霊怪人とか面倒だった。超能力系は……』

これは、この前カツミくんがやったアンケートの音声だよね？

担当医の白川《しらかわ》ちゃんの声も聞こえるし、この質問も確かカツミくんがこれまで手古摺《てこず》った怪人はなんだったかってやつだったはず。

「カツミくんへのアンケートの音声ですよね？」

「ああ、お前達が私欲にまみれた質問を織り交ぜたアンケートだ」

「許可したのアンタやないか……!!」

普通に社長も共犯者だからね？　なに自分は悪くないみたいな顔しているんだ。

わなわなと震えるキララを宥《なだ》めると、録音された会話は次の話題へと移る。

『あとは、　　　だな』

『……。私は知らないけど、どういう怪人なの？』

ここ少し音声が飛んでいるね。

カツミくんがなにかの怪人の名前を口にしたのは分かるけど、そこが無音になって聞き取れないや。

「……やはり、聞こえんか」

私達を見て少しだけ顔を顰《しか》めた社長は音声を切る。

「この音声を、政府の指示で公開することになった」

「え、公開……しちゃうんですか？」

「ああ、お前達が彼から聞いた怪人の内容についても追記した上でな。だが一部情報はこちら側で消しておく。あれには少しばかり厄介な案件が紛れ込んでいる」

言葉も出ない私達に、社長は続けて言葉を発する。

「政府としても黒騎士の功績を無視することはできない。お前達は、ピンとこないようだが……彼がアンケートで記した怪人は、日本だけではなく世界規模で厄災をもたらすことのできる危険な怪人だった」

「「「……！」」」

笑わせ怪人【スマイリー】なら分かる。

だけど、他のナメクジとかもそうなの……？

「彼の生存と性格の一部を公開するには、あのアンケートの内容が中々に都合がいい。あぁ、これも彼には了承をもらったよ」

「彼が了承したんですか？」

「断ることはできないと悟られてしまったよ。だが先を考えればこれも彼のためになるだろう」

社長が机の上の紙を手に取り、眺める。

「お茶目なところもあるから女性人気も増えるかもしれないな！　なっはっは!!」

「言動がオヤジすぎるわ……」

下品に笑う社長に辟易《へきえき》するが、彼はそれでも不敵に笑う。

「私の正直な気持ちを言うとすれば、彼には我々の味方になってほしい。なにせ、この国を守る戦士は未《いま》だに三人しかいない。君達が倒れれば、後はないんだ」

「でも、オメガは……」

「ああ、倒されたさ。だがな、それで本当に終わらなかったらどうする？」

「…………」

社長の言葉に閉口する。

その不穏な可能性は私も感じ取っている。

「だからこそ、彼の力が必要だ。そのために彼と親交を交わし、好感度を上げるのだ……!!　ジャスティスクルセイダーよ……!!」

「真面目な話題ですよね……？」

「一気に、チープさが出てきたね」

「台無し」

そんな指令を出すときみたいなノリで言われてもどうすればいいのか分からない。

私達の物言いにあっさりとキレた社長は机に身を乗り出しながらこちらを指さしてくる。

「やかましい!!　元はと言えばお前らが不甲斐ないのが悪いのではないか!!」

「不甲斐ないってなんや!?　こっちだって距離感とか色々考えているんですからね!!」

「距離の取り方が極端ですから注意することになったんですぅ！　ぷっっぷぴぃー！」

キララの声を真似るように裏声を出した上で、自身の鼻をつまみ愉快な音を鳴らす社長。

ブチィッ！　と隣でキララから何かが千切《ちぎ》れるような幻聴が聞こえた。

「今この場でおどれの背骨ェ引き抜いたるわぁぁ!!」

「キララ！　ここで怒ったら相手の思う壺《つぼ》だよっ!!」

「仁侠映画みたいになってる！　仁侠映画みたい！」

ジャスティスチェンジャーに手を伸ばすキララを私とアオイで全力で止める。

こんなうるさくてうざい社長だけど……!!　人類の救世主扱いされてる重大な人なのだ!!

451: **ヒーローと名無しさん**
とんでもない爆弾が投下されましたねぇ
黒騎士くんの肉声音声に仰天した奴ら、
好きな食べ物の尊さに憤死した奴ら、
好きな食べ物を深読みして闇を抱いて勝手に憤死するという尊い犠牲を経たわけだが……
コレまずはどこから考察していけばいいんですかね？（キレ気味）

452: **ヒーローと名無しさん**
声ちょっと幼い感じするけどかっこいい

453: **ヒーローと名無しさん**
質問内容に私情入りまくりじゃない？www

454: **ヒーローと名無しさん**
不自然な切り取りがあるからさすがに編集されてるけどかなり情報解禁されてて思い切ったことしたなって

455: **ヒーローと名無しさん**
質問してる医者の人もお茶目でかわいい

456: **ヒーローと名無しさん**
はい猫被り乙
かまととぶってんじゃねぇぞこの犯罪者が
なにが、ハンバーグだクソガキかよ
あのまま自爆してればよかったのに

457: **ヒーローと名無しさん**
まず判明したワルモノの定義にびっくりさせられた
これ悪ぶってんじゃなくて自由に生きようとしていただけなんだよな
多分、それが悪いことって思いこんだのは周りの環境に影響されてる可能性がある

458: **ヒーローと名無しさん**
少なくとも黒騎士くんにとっては奪われる環境に置かれていることは当たり前だった
自分は善人のはずなのに、奪われてばっかりだったから、ワルモノになろうと思った

459: **ヒーローと名無しさん**
勿論、天然も入っていると思うけど納得しちゃった

460: **ヒーローと名無しさん**
世間と価値観がズレるくらい苦しい環境にいたって可能性が出てきたもんな……

461: **ヒーローと名無しさん**
好きなものが子供っぽいのって……、たしか両親はいないって言ってたよな？

怪人を倒し続けたことで、彼自身が本物の怪人になるんじゃないかって恐怖がある

465: **ヒーローと名無しさん**
前提からしておかしいだろ
なんで黒騎士くんが暴れる前提で話してんの？
そういうのは黒騎士くんが一度でも人間害そうとしたことがあるから成り立つんだよ

466: **ヒーローと名無しさん**
ジャスティスクルセイダーが活動する前に現れた怪人を倒してきたのは誰？

黒騎士くんでしょ？

まずは彼本人の危険度より、彼がいなくなってしまった場合の危険度の方を考えるべきじゃないの？

たしかに、危険なのは分かるよ？

でも、彼一度も人に危害加えてないよ？

少なくとも記録上では

467: **ヒーローと名無しさん**
スマイリーだってすぐに鎮静化されたし大したことないじゃん
信者乙
そんなに黒騎士様を崇め奉りたいなら、他所でやってくれよ
気持ち悪っ

462: **ヒーローと名無しさん**
こいつ危なすぎだろ
言ってることとやってることの差異が激しすぎるんだよ
こいつが、表に出てきたら誰が止められるんだ？
ジャスティスクルセイダーだって、ギリギリでようやく倒せたんだぞ

しかも旧式のはずの黒騎士相手にだぞ
なんでお前らこの危なさが理解できねぇの？
怪人を簡単に始末できる奴が、人間を害さないって保証はないだろ
そもそも、こいつ犯罪者でヴィランだぞ

463: **ヒーローと名無しさん**
質問に答えただけなのにここまで言われるのかわいそうすぎだろ

464: **ヒーローと名無しさん**
〉〉462

言い方は最悪だけど一理ある
あくまでどちらの立場とも言えないけれど、たしかに黒騎士くんは危なすぎると思う
ジャスティスクルセイダー以外の抑止力がない
彼が本気で暴れたら、多分誰も勝てない

468: **ヒーローと名無しさん**
スマイリー大したことないとかどういう思考してんだ
あれ感染型の催眠怪人だぞ

469: **ヒーローと名無しさん**
なら作り話じゃないって証拠でもあんの？
誰がこんなクソみたいな創作信じるってんだよ
説明してみろってんだ

470: **ヒーローと名無しさん**
また殺伐としてきたなぁ

471: **ヒーローと名無しさん**
新情報出るとすぐに過激派が出てくるからな

472: **ヒーローと名無しさん**
こういうのはスルー安定よ

473: **ヒーローと名無しさん**
スマイリーが大したことないとか冗談じゃない
だって、俺黒騎士がスマイリー倒すところ見てた

てか絶賛、能力にかかって爆笑してた

474: **ヒーローと名無しさん**
字面だけ見ると愉快なのが本当性質悪い

475: **ヒーローと名無しさん**
スマイリーの力に感染すると楽しい感情以外浮かばなくなるんだ
俺の時は現実が見えてるのに、頭の中によぎるのは今はいない愛犬を可愛がっていた光景だった
とにかく、笑うしかない
俺の周りの人達も、みんな笑ってた
誰かに肩がぶつかれば、笑顔がどんどん伝染していって、正気を保っているのかさえ分からなかった

476: **ヒーローと名無しさん**
ひぇっ

477: **ヒーローと名無しさん**
スマイリーは鼻歌を歌ってた
「みんなハッピー、笑えばハッピー、みんなが笑顔になればなにも怖くない。誰が死のうと笑顔で吹き飛ばそう。僕はスマイリー、君もスマイリー、みんなに笑顔を届けるピエロなのさ」スマイリーは簡単に鎮静化された？
あんな恐ろしい化け物にただの人間が勝てるはずないだろ

478: **ヒーローと名無しさん**
スマイリーを題材にして映画を作ろう（震え声）

479: **ヒーローと名無しさん**
なんつー恐ろしい怪人だ……
黒騎士くんは、倒したんだよな？

480: **ヒーローと名無しさん**
黒騎士は能力を食らってたよ
この目で見た
彼はスマイリーの能力が効いてなかった
泣きながら笑っている俺達に囲まれながら、彼は少しも笑ってなんかいなかった
スマイリーは、すごく動揺していた
お前は人間だろ！　って、怯えてさえいた
そのまま彼はスマイリーを簡単に倒してしまった
今では本当に感謝してる
もし彼と出会う機会があるのなら、ありがとうって伝えたい

481: **ヒーローと名無しさん**
これって黒騎士くん怪人疑惑？
それとも、黒騎士くんには幸せな思い出すらもないってこと？

482: **ヒーローと名無しさん**
スマイリー本人が人間認定してるから多分違う

483: **ヒーローと名無しさん**
生物には絶対に効く類の能力だろうから、怪人じゃないにしても効かないとおかしいって認識だったんじゃないか？
なのに、黒騎士くんには効かなかった
つまり、そういうことなんだろうなぁ

484: **ヒーローと名無しさん**
笑顔にする怪人を、怯えさせるヴィランか。なんかしゅごいシチュエーション

485: **ヒーローと名無しさん**
やっぱり、俺らが想像しているより黒騎士くんの闇って深いなこれ

486: **ヒーローと名無しさん**
こっちの想像を超えてくるって怖すぎない……？

487: **ヒーローと名無しさん**
クイズ怪人のゲームに巻き込まれたけど、本当に怖かった
頭にヘルメットを被せられて、それからクイズ怪人の言葉が聞こえてきて、選ばれた一人の回答者がクイズをしないといけないって
勝ったら、クイズ怪人にダメージを与えるか、脱出できるかのどちらか

一度でも負けたら、連帯責任で全員殺されるって

488: **ヒーローと名無しさん**
強制的に範囲内の人間に回答者としての役割を与えるって、拒否権ないなら相当やばいぞ
しかも、一人間違えたら連帯責任で全員ペナルティとか、絶対に勝たす気がない
見た目と違ってすっげぇ邪悪な怪人だ
どうやって、そいつ倒されたんだ？

489: **ヒーローと名無しさん**
黒騎士くんが投げた石に当たって倒されちゃった

490: **ヒーローと名無しさん**
ごめん草

491: **ヒーローと名無しさん**
邪悪な割に紙耐久かよｗｗｗ

492: **ヒーローと名無しさん**
言葉にするだけならそうだけどさぁ！
黒騎士くん、能力範囲外の何百メートルも離れたところから、投擲してピンポイントで当ててるんだぞ!!

493: **ヒーローと名無しさん**
え、なにそれ（ドン引き）

494: **ヒーローと名無しさん**
クイズ怪人を攻略する解答がそれだったんだな
まさしくクイズに勝ったわけだ

495: **ヒーローと名無しさん**
解答（物理）じゃん……

496: **ヒーローと名無しさん**
クイズ怪人でさえこれだもんなぁ
電気ナメクジ怪人の時は、本格的に黒騎士を非難する流れができてたけど、あの敵の亡骸、科学的に調べたら電気の貯蓄量が異次元レベルって判明して激震が走った
だから、あのまま放っておけば大停電どころじゃない大惨事になってた

497: **ヒーローと名無しさん**
当時すごかった
みんな、黒騎士くんのことヤバい奴って認定してて……
肝心の黒騎士くんは仮面越しで分かるくらいにドヤ顔だったけど

498: **ヒーローと名無しさん**
悪いことができてうれしかったんやろなぁ（かわいい）

499: **ヒーローと名無しさん**
科学者からも一般人からも一番理解されなかったのはナメクジ怪人の倒し方という理不尽

500: **ヒーローと名無しさん**
極論、シンプルに殴り倒しただけだからな（約10時間）

501: **ヒーローと名無しさん**
それで本当に倒されるやつがあるか
ってことを実行して完遂しちゃうあたり黒騎士くんだわｗｗｗ

502: **ヒーローと名無しさん**
考察によると、黒騎士くんがナメクジ怪人を殴って電気を発散させる
↓
黒騎士くんのスーツが電気を吸収し、パワーに変える
↓
またナメクジ怪人を殴る
↓
電力吸収を繰り返していたらしいぞ

元からジャスティスクルセイダーのスーツには、電気をエネルギーに変換させる機能がついてるって話からの仮説
本人の体力気力？　そんなもの知らん

503: **ヒーローと名無しさん**
多分、一番科学に喧嘩売ってんの怪人じゃなくて黒騎士くんだと思うの

504: **ヒーローと名無しさん**
これ普通だったら電力吸いすぎて、スーツの方がパンクするけど、投稿された監視カメラの映像を見るかぎり、フルパワーで殴り続けてエネルギー回復しながら消費し続けてる可能性があるんだよな
化け物すぎる

505: **ヒーローと名無しさん**
一つ訂正
ナメクジ怪人と呼んでいるが、あれはナメクジじゃない
海洋学者の俺には分かる
あれは、ナマコだ
二度と間違えるんじゃねぇ

506: **ヒーローと名無しさん**
ナマコ兄貴出てきて草
ナマコの論文書いてそう
あなたの兄弟、黒騎士に爆散させられましたよ

507: **ヒーローと名無しさん**
男の風上にもおけねぇナマコだぜ
刺激が欲しいなら、モツ吐き出すくらいの気概を見せねぇと

508: **ヒーローと名無しさん**
か、かっこいい……

509: **ヒーローと名無しさん**
ナマコの分際でかっこよさ出してて草

510: **ヒーローと名無しさん**
話ぶった切るようで悪いけど、素朴な質問をしていい？
質問６の最後に黒騎士くんが話した怪人さ
あれ、なんて言ったか分かる？

511: **ヒーローと名無しさん**
どういうこと？

512: **ヒーローと名無しさん**
「あとは……だな」って言ったやつ？

513: **ヒーローと名無しさん**
別に違和感はないんじゃね？
マイクの不調で聞こえなかっただけかもしれないし

514: **ヒーローと名無しさん**
ナメクジ怪人、オメガ、スマイリー、幽霊怪人に並ぶやばい奴とか想像できんわ

515: **ヒーローと名無しさん**
じゃあ、聞き間違いか編集だろ
他にも不自然に編集されてる部分あったし

516: **ヒーローと名無しさん**
最後の卑しい三色戦隊の陰謀が見え隠れする質問に対して、荒ぶる黒騎士くんが面白すぎるな

517: **ヒーローと名無しさん**
分かる

518: **ヒーローと名無しさん**
あの後ジャスクル三人が黒騎士くんの好物もって突撃していく光景が容易に想像できるのが（笑）

第七話　力の正体、怪人の再来

カツミくんの能力測定。

それは、彼がスーツに変身した状態で多数の仮想エネミーと戦闘を行いながらそのバイタルと能力値をデータとして記録すること。

それが行われる場所はジャスティスクルセイダー本部の地下に作られた大型の演習場で、私達も自己訓練のために利用するその場所に彼は立っていた。

『え、えぇ、すごいお金かかってそう……。こ、ここって地下だよな。未来世界にタイムスリップした気分だ……』

演習場の壁は設定によってその景色を変えることもできる。

今、カツミくんが予防接種に連れて来られた子犬みたいに挙動不審になっている景色は、どこかの採掘場跡地のような、草木もないまっさらな砂地である。

「黒騎士としての彼の中身は我々にとってブラックボックスに等しい」

私達がいるのは演習場を上から見渡せる階に作られた部屋。

横に大きく広いこの場所には、十人ほどの人員と、私達ジャスティスクルセイダーのメンバー三人。

そして、この測定をものすごく待ち望んでいた男、私達の司令であり科学者であり社長の金崎令馬《かねざきれいま》は演習場を見下ろしながら口を開いた。

「お前達のスーツには、バイタル、エネルギー出力、装備者の体調を遠隔で管理するシステムが搭載されている。だが、プロトスーツ……否《いな》、ジャスティスクルセイダー試作ゼロ号のスーツにはそれがない」

「どうして？」

「つけるのを忘れていたからだ」

その場にいた全員の視線が社長へと集まる。

私達ではなく、いつもサポートしてくれる人達から呆《あき》れた視線を向けられても彼の自信に満ちた顔は歪《ゆが》まない。

「その装置を以《もっ》てすれば、お前達のスリーサイズでさえ待て、冗談だ。だから、ショックガンを人に向けるな。あれだぞ？　それは最大出力だとものすごく痛い……アッ、イエロー？　そのきゅぃぃぃぃぃんって音はアレだね？　最大出力かな？」

「「「……………」」」

このようなおふざけは日常茶飯事であるので私達は呆れながら、社長に突き付けていた護身用に持たされている武器『ショックガン』をしまう。

「フッ、心配せずとも私はお前らには異性としての興味など欠片《かけら》も抱いていないわ」

「あんたはもっと言い方がないんか!!!」

「私を人間と一緒にするな」

「その時々やる自分が人間じゃないアピールなんなの……？」

並の人間とは一緒にしないで欲しいという意味なのかな？

まさか本当に人外宣言しているなんてバカなことがあるわけないし。

「さて、おバカ共の邪魔も入ってしまったが……さあ、カツミくん。準備はできてるかな？」

『ん？　ああ、できてるよ、レイマ』

「「は？」」

今カツミくん、私達を差し置いてこの変態社長のこと下の名前で呼んだ？

「心配はしてないが脱走はしないようにな。……なんだお前達、視線が鬱陶《うっとう》しいぞ、話は後にしろ」

煩《わずら》わしそうに、しっしっと私達を追い払った社長は、マイク越しに彼へと話しかける。

「君のスーツはなるべく元のままに修理したが、その際にこちらで変身を強制解除させるプログラムを組み込んだ。君が脱走しようとする素振りを見せれば、こちらはすぐにそれを作動させる」

『オーケー、分かってる』

「ならばよし。ではこちらの合図で変身してくれ」

マイクから口を離した彼は、唖然《あぜん》としている私達の方を向く。

「で、なんだ？」

「なんで貴方《あなた》が名前で呼ばれているの……!?」

「金で買ったん……？」

「洗脳……？」

「今、貴様らが私のことをどんな目で見ているのか分かった」

カツミくんは社長を下の名前で呼んでいた。

目上の人に対する呼び方では決してないけど、下の名前ですら無理やり呼ばせないと呼んでくれない私達を考えると、異常極まりない話である。

「はぁ、これだからクソ雑魚《ざこ》戦隊ジャスティス恋愛経験ナインジャーが。見ていて悲しくなるよ。お前らの青春は全て、怪人と黒騎士と共にあるのは分かっているが……」

「そうなっている原因の一端は、あんたのせいでもあるんやけどなぁ……!!」

文句はない、文句はないが、なんだろうこの釈然《しゃくぜん》としない気持ち。

「映画だ」

「は？」

「私は彼の欲しいもののリストを用意し、映画を贈っているのだ」

思いもよらない話に考えがまとまらない。

え、なんで映画で呼び捨てになるの？　ラブコメ映画でも見させたの？

「ちょうど私も映画が好きでね。この私自ら手渡しているうちに、まあ、当然仲もある程度良くなる。基本的に、彼は昼時間に、運動、勉学、軽くPCを弄《いじ》っているくらいだったからな。他の時間もあった方が彼の精神的にもいいと思い、映画などを贈るようになったのだ」

「「……………」」

「ちなみに私は本部に所属する研究者として接しているので、彼には私がスーツ製作者であることは知られていなぁい」

こ、この社長……！

自分がスーツを作った人だとカツミくんに知れたら絶対に普通に接することができないと、理解している……！

「社のスタッフの方も、よかれと思って色々と差し入れもあげているんだ。さすがに常識の範囲内に留めておいてはいるがな。……もういいか？　早く測定を始めたいのだが」

ちらちらとマイクを見た彼は、私達がなにも喋《しゃべ》らないところを見てそれを取る。

やはり、私達をライバル視しているから、仲良くなることにも難しいところがあるのかな……。

うぐぐ、絶対諦めないからね……！

「待たせたな。変身してくれ」

『ああ』

画面に映し出された彼の姿を見る。

彼は腕に嵌《は》められた黒色の時計のような腕輪『プロトチェンジャー』を胸の前に掲げ、

その側面のボタンを連続して三度押す。

チェンジャーの発動と共に周囲に特殊なフィールドが展開され、粒子化されているスーツが彼の首から下を覆い、その上から頭全体を覆う仮面が装備される。

私達の変身ならここまでで終わりだが、彼の変身はまだ終わらない。

彼にはさらにそこから、増設されるように鈍色《にびいろ》のプレート、胸部の装甲などが装着されていく。


『CHANGE PROTO TYPE ZERO……』


ノイズがかったシンプルな音声と共に変身を完了させた彼は、自身の調子を確かめながらこちらへ手を振ってくる。

カツミくんが変身するところを初めて見たけれど、最初の変身プロセスは同じだけれどその後がまったく違う。

私達は一つの手順で変身を完了させるけど、彼の方はもうひと手間加えているようにも見える。

「彼のスーツを測定しているところだが、どうだ？」

社長がスタッフの一人に声を投げかける。

「エネルギー出力、バイタル値、他すべて安定しています。ですがプロトスーツのデータを考えると異常な数値です」

「なるほど、やはり適合値そのものがずば抜けている訳か。プロトスーツ自体の性能は……むっ、通常時で私が想定していた本来の性能以上を引き出している、だと!?」

モニターを食い入るように見つめた社長は、一旦冷静になるように深呼吸する。

「落ち着け……考察は後だ。……仮想エネミー、レベルは最大」

「了解。仮想エネミーレベル10。……数はどうします？」

「手始めに十体だ」

スタッフがコンソールを入力すると、カツミくんの前に人型のロボットが現れる。

今では簡単に倒せるけど、最初の頃の私達はあれに散々ボコボコにされたなぁ。

遠い目をしながら、画面を見ていると社長がマイクを手に取った。

「カツミくん、試しに相手をしてみてくれ。レベルは最大、君には物足りないかもしれないが頼む」

軽く手を振って了承した彼は、仮想エネミーを前にして軽くジャンプする。

そのまま準備運動をするかのように、一定のリズムを刻み跳んでいた彼は強く地面を踏みしめ、その場から一瞬にして姿を消す。

「なっ!?」

「どうした!?」

スタッフの女性が驚愕《きようがく》の声を上げる。

その声に驚くと同時に、スピーカーから何かが砕ける音が響く。

見れば足を振り切った彼が仮想エネミーを数体まとめて真っ二つにしている光景が映りこむ。

「出力一瞬で限界値を超えました！　いえ、元に戻ってる……？　あ、また限界値を……」

彼が戦っている画面とスタッフの見ている画面を見比べる。

彼が敵に攻撃する度に、ぐんッ！　という勢いで目盛りが振り切っては元に戻る。

正直、この画面がどういう値を測定しているのか分からないが、それでも異常なことが起きているのは分かる。

「……もっとエネミーを出せ」

「は、はい？」

「出すんだ!!」

社長が興奮やらなにやらで震わせた声に頷《うなず》き、さらに仮想エネミーが出現する。

最初の十体を全て倒し終えた彼は、新たに現れた仮想エネミーを目にして、首を傾《かし》げた後に地面が爆《は》ぜるほどの勢いで飛び込み、最前列にいるロボットの肩部分に着地、そのままサッカーボールを蹴るようにロボットの頭を蹴り砕いた。

パァンッ！　という軽い音と共に頭部を失うロボット。

壊れた味方に目もくれず、周囲のロボットは腕を構えて、ペイント弾を放つ。

『ふっ！』

余裕をもってその場を移動した彼が拳を突き出し、ロボットの胸部を貫く。

それを盾代わりにしながら、彼はとてつもない速度で仮想エネミーを拳と蹴りで破壊していく。

「ロボットがお菓子みたいに砕かれていく……」

「やっぱり強いわ。カツミくん」

「敵の時はあれが飛んできたもんね」

そんな光景をある意味で見慣れていた私達はそんな反応を返していたが、社長とスタッフ達は皆一様にせわしなく手元を動かし続けている。

「プロトスーツは欠陥機ではなく、単純に真の力を引き出す者が現れていなかっただけ……？　出力もゼロか百、いいや違う。これはゼロから限界値をぶっちぎってそれ以上の力を無理やり引き出しているのか？　たしかにプロトスーツは実験機だからこそ、その耐久性も耐熱性も最も高い。スーツの自己修復機能を用いれば壊れることはほとんどないはず……だが、それでもあそこまでの出力が……　だからこその適合値か!!　しかし待て、いくら限界値を超えられるとしても、必ずアラートが出るはずだ……その機能はプロトタイプでも変わらずにつけたはずだ」

「しゃ、社長……？」

なんか近くでものすごいブツブツ呟《つぶや》いている社長。

恐る恐る声をかけようとすると、彼は鋭い視線を向けてくる。

「ンゥシャラップ！　今この私の脳をフル回転させながら考察しているのだ‼」

なんだかすごい慌ててる。

ものすごい勢いで仮想エネミーを破壊しまくっているカツミくんを凝視した社長は、不意にはっとした表情を浮かべて顎《あご》に当てていた手をだらんと下げた。

「あ、そうか……、そういうことだったのか。ありえなさすぎて、考えもしなかったが……彼は自分の死を恐れていないから、全力で前に踏み込めるのか……」

「……え？」

自分の死を、恐れていない……？

「ん、いや、忘れてくれ。失言だった」

カツミくんが自分の命にどこか無関心なことに、心当たりがないわけじゃない。

彼は私達に捕まる時、自爆しようとしていた。

普通に考えて、自分の死を恐れていればそんな行動に出ようとしない。

「恐らく、最初からだ」

「え？」

「彼がプロトスーツを着ていたのではない。プロトスーツが彼に着られていた。下僕《げぼく》が主《あるじ》を害せないことと同じで……彼は、プロトスーツの完全な適合者だったのだ。だからこそ、その機能をフルスペックで扱えてしまう……」

「つまり、どういうことですか？」

すると、ぐるん！　とこっちを向いた社長が両手の握りこぶしを掲げ訴えかけるように声を上げる。

「私がカツミくんに作るべきだったスーツはジャスティスクルセイダー四号じゃなくて、プロトゼロ二号だったんだよ！」

「意味が分からないんですけど！」

「なぜ分からん地球人!!」

ものすごい理不尽なことを言われてしまった。

私達と同じスーツじゃなくて、彼のスーツそのものを改良した方がいいってこと？

そう疑問に思っていると、近くで興奮していた社長にさらなる異変が起こる。

「うぃ、うぇへへへぇ!!　よぉやく謎が解けたぞ黒騎士ぃ!!　否、カツミくぅん!!　君は私にとっての希望!!　最高の装着者だァ!!」

「う、うわぁ、トリップしてる……」

「成人男性が恍惚《こうこつ》の顔してるのマジできついわ……」

変な笑い声をあげる社長にドン引きする。

それほどスーツに愛情を注《そそ》いでいるということにもなるが、それを含めてもきつい。

「う、うぅ、ありがとう。私の作ったプロトスーツを使ってくれてぇ……！」

「今度は泣きだした……」

「もうこのオッサン怖すぎだわ……」

「情緒不安定すぎる……」

もう色々と台無しな気分だよ……。

でも、今のカツミくんはどこか生き生きしているような気がする。

思い切り身体《からだ》を動かせているからかな？

「外出許可とかもらえればいいんだけど、それはやっぱり無理なのかなぁ」

最終決戦でマスクが割れて一部は知られているだろうが、口元も鼻も見えていないだろうからバレる心配はないはずだ。

『怪人警報発令!!　怪人警報発令!!　ジャスティスクルセイダー出撃準備!!』

「「!?」」

頭上から響いてくる耳をつんざくような警報と、振動するジャスティスチェンジャー。

驚きのあまり、社長を見ると彼も驚いたような表情を浮かべている。

「おいおい、よりにもよってここで来るか！　全く、空気の読めない怪人だ!!　感動が冷めてしまったじゃないか!!」

「社長！　もしかして、またオメガが!?」

「いいや違う。これは……」

懐《ふところ》から取り出した端末を取り出し操作し、この事態を把握した彼は呆れたように額を押さえる。

「お前達にも話しただろう？　一年半前、まだ正体不明の存在だった黒騎士に一時的な協力を持ちかけた事件を」

「え、秘密裏《ひみつり》に行われたってあの……？」

「ああ、奴が目覚めた。大地の上にいる限り〝無敵〟の厄介な奴」

カツミくんが映っている画像が別のものへと切り替わる。

どこか分からない海の映像。

その中心の海面から噴き上がる大量の水蒸気とその中に見える、水面《みなも》に立つ赤い光を放つ人影のようなもの。

「マグマ怪人!!　黒騎士が太平洋にぶち込んだアレが力を取り戻して浮上してきているのさ!!」

数か月ぶりの怪人の出現。

日常が、平穏が危険に塗り替えられていく感覚。

久しぶりのその感覚に耐えながら、私達は戦う意志を固める。

閑話　マグマ怪人攻略戦

『怪人との戦いが終わりを迎えてから早一か月が過ぎました』

真新しい店の中で、テレビに映し出されたニュースの音が響く。

コーヒー豆を挽《ひ》きながら横目でニュースを目にすると、またこの話題か、と辟易《へきえき》した気持ちになる。

『怪人によりもたらされた破壊は復興の兆《きざ》しを見せており、ようやく人々も安心していることでしょう』

日本を危機に陥《おとしい》れていた怪人の掃討《そうとう》。

怪人という明確な脅威が消えたことから都市は復興をしつつあるが、怪人が倒されたこと以上に世間の目は別のところに向けられていた。

『黒騎士は今はどうなっているのでしょうかね？』

『現在はジャスティスクルセイダーに保護されているとは聞いていますが、なぜ保護なのでしょうか？』

『扱いに困っているのでは？　怪人との戦いにおいての立役者ではありますが黒騎士はあ

くまで非公認。ジャスティスクルセイダーとは違いますから』

『だからこその保護という考えもありますね。彼の立場は非常に難しい』

怪人の大本の怪人との戦いを終えたその後、ジャスティスクルセイダーと戦い、その末に敗北し捕縛された黒騎士の動向。

世界中が彼の存在に注目しているといってもいい。

実際、今もテレビで黒騎士のことについてコメンテーターが熱心に議論を重ねている。

「……放っておいてやればいいのにな」

街角の小さな喫茶店のマスターがそんなことを呟《つぶや》いてもなにも変わるはずがない。

結局のところ黒騎士がどうなるかは彼を保護したジャスティスクルセイダーと政府の判断に委《ゆだ》ねられる。

外野がどんな憶測を立てても意味がない。

『黒騎士ってさ、実際どうなん？』

『怪人倒してくれたんだから味方っしょ』

ニュースを見た客が黒騎士について話している。

さりげなくそちらを見ると、どうやら学生のようだ。

『中身どうなってるのかマジ気になる』

『ブルーのツムッターではシベリアンハスキー系らしいね』

『それ知ってるー！』

若者には結構受け入れられてんだな。

まあ、年を取ると疑い深くなっちまうからな。そういう順応性は若い世代の方が高いんだろうな。

「マスター」

「ん？　コーヒーのお代わりか？」

その会話を片手間で聞き流していると、カウンターに座る常連の客が声をかけてくる。

「黒騎士のこと、あんたはどう思ってんだい？　自衛官だろ？」

「元だよ。今は退職してる」

一年前に自衛隊を辞め、知り合いの伝手《つて》で喫茶店を開いた。

我ながら奇妙な人生を歩んでいる自覚はあるが、自衛隊を辞めたのは……これ以上続ける気力がなかったからだ。

「元でも色々知ってんでしょ？　黒騎士捕獲大作戦とかやった？」

「そんな愉快《ゆかい》な作戦なんて実行されてねぇし、残念ながら黒騎士のことは何も知らねーよ。知ってても緘口令《かんこうれい》が敷かれて喋《しゃべ》れねぇだろうがな」

仮に俺が黒騎士のことを知っていてうっかり口を滑《すべ》らせたなら、情報漏洩《じょうほうろうえい》でしょっぴかれてもおかしくねぇくらいには重要機密扱いだろうな。

「そういうもんかぁ」

「そういうもんだ」

俺の言葉でそれ以上追及する気がなくなったのか、手元のコーヒーを口にしようやく静かになる。

続けて質問されるのも面倒なので手元のリモコンで番組を変え、コーヒー豆を挽く作業に集中する。

「……っ」

「ん、地震？　今日は小さいのが多いなぁ」

少し揺れる程度の地震。

数秒ほどの地震だが、思わず手を止めてしまう。

手が、震えちまっているな。

「……恐怖ってのは簡単に拭《ぬぐ》えねぇもんだな」

地震が起こると嫌でも思い出しちまう。

一年と半年前、俺がまだいっぱしの自衛官だった頃。

マグマの名を冠する怪人が日本を滅亡の危機に追い込み、そんな奴と戦った黒騎士と呼ばれる少年のことを。


奴の出現を確認したのは、日本国内の休火山が前触れもなく噴火の前兆を見せたことが切っ掛けであった。

過去数百年単位で活発化することなく、記録的にも噴火する可能性が極めて低いといわれていた火山の噴火は政府に未曽有《みぞう》の大災害を予測させた。

すぐさま政府が対処に出ようとした直後に火山は沈黙し、奴が現れた。


『アアアアアアァァァァアァス!!!』


赤熱したマグマを人型に押し固めた怪人。

奴はあろうことか自ら火山を噴火寸前にまで活発化させ、発生したエネルギーを根こそぎ吸収し地上に現れたのだ。

政府はすぐさま対策チームをまとめ、現れた怪物【マグマ怪人】の対処を行おうとした。

しかし、マグマのような体表を持つ人型の化け物は銃弾も爆弾も、あらゆる火器が通じることはなかった。

偉い学者さんの見解によると、この怪人は地上からエネルギーのようなものを吸い取って自分の力にしているらしい。

だから攻撃を食らっても再生するし、無尽蔵に近いエネルギーで攻撃し続けることもできる。

大地から無制限にエネルギーを吸い取る無敵の化け物。

足止めすらも叶わず、マグマ怪人はゆっくりとした足取りのまま、周囲を熱気と溶岩で破壊しながら着実に人間の住む大都市へと迷いなく向かっていた。

この状況を重く見た政府は、予想外の行動に出た。

国内で噂《うわさ》されている怪人を多く倒す正体不明の仮面男、黒騎士に協力を要請したのだ。


「ッ、ああ、なんでこんなことになってんだろうなぁ!!」

この作戦は不可能をそのまま書類に移し込み隊員の顔面に叩きつけたようなものだ。

KANEZAKIコーポレーションとかいう大企業が用意したとかいう謎の最新鋭大型ヘリによる、長距離運搬任務。

マグマ怪人を陸地から遠く離れた海上へ運び無力化すること。

運ぶ荷物が普通だったらまだマシだったんだが、失敗すれば自分達だけではなく日本そのものが危険に晒《さら》される任務だ。

これで怖気《おじけ》づかないはずがない。

今日触れるばかりの最新鋭のヘリを動かさなきゃならない同僚は、生きた心地がしないだろう。

「目標地点まで距離、約３０００!!」

眼下に映る広大な海。

遥《はる》か遠くから聞こえるように錯覚する同僚の声が答える。

作戦は佳境《かきょう》に入った。

ここでしくじってしまえばここまでの努力も、犠牲《ぎせい》も何もかもが無駄になる。

「下ではどうなっているんだ……！　なあ、黒騎士さんよ!!」

ヘリの下部に取り付けられたワイヤーに繋《つな》がれているのは正方形型のコンテナ。

中の広さが六畳ほどのコンテナは多重に装甲で固められ、どんな攻撃にでも耐えられるほどに堅牢《けんろう》に作られているものだ。

だが、こいつが防ぐのは外からの攻撃じゃない。

コンテナ内からドゴォ！　という何かを殴打するような音が響き、コンテナが左右に揺れる。

「うぐ……！」

取っ手に掴《つか》まり、震動に耐える。

同僚が懸命に姿勢制御をしてくれているが、一つ間違えばワイヤーが切られコンテナは海中に真っ逆さまに落ちちまうだろう。

しかし、そうしている間もコンテナ内からは連続して何かがぶつかり合う音が響く。

「くそ、本当は二人だけじゃないのに……！」

「泣きごと言うな!!　俺達は託《たく》されたんだぞ!!」

「そんなこと分かってる!!」

本来はもっと大人数で作戦に当たるはずだったのだ。

だが、マグマ野郎が暴れてヘリに乗るはずだった隊員達が重傷を負いヘリに乗れるのが俺達しかいなくなってしまった。

それでも、任務を続けなければならない状況だった。

「彼は大丈夫なのか!?」

「分かるはずがないだろ!!　コンテナから脱出しようとする奴を押さえるために、自分も中に入ったんだぞ!?」

あんなのと同じ空間にいれば瞬《またた》く間《ま》に消し炭になってもおかしくない。

だが事実、あのコンテナでは依然として戦いが続いている。

打撃を繰り返し、コンテナに開けられた僅《わず》かな隙間からは、風が吹き込まれる音と、時折炎が噴き出しては消えていく。

彼の纏《まと》うあのスーツのおかげかは分からない。

あのコンテナの中で起こっている戦いは、俺達の常識を超えた次元のものだ。

「ッ、目標地点到着！」

「了解!!」

俺は手元に持っているスイッチのカバーを取り外し、ヘリ下方のコンテナを確認する。

まだ中では戦っている音が響いている。

俺は耳元のインカムに手を当て、一方的に通信が繋がっている黒騎士へ声を発する。

「3秒後に落とす!!　備えてくれ!!　3！　2！　1！」

秒読みを口にしながら、指に力を籠《こ》めスイッチを押す。

「投下!!」

タイミングに合わせてコンテナの下部を遠隔操作で開き、中にいる怪人を海面へと落とす。

「オオオオオ!!」

まるで地鳴りのような唸《うな》り声《ごえ》と共に、煙に包まれたなにかが海面へと落下していく。

確認できた水しぶきは一つのみ。

「どこだ!?」

一緒に落ちたのか!?　確認できないぞ!!

同僚のパイロットが焦りを孕《はら》んだ声をかけてくる。

「彼は！　彼も落ちたのか!?」

「駄目だ、姿が確認できない!!」

「よく探せ!!」

ここまで来て見捨てるとか冗談じゃないぞ!!

焦燥《しょうそう》しながら、海面を凝視《ぎょうし》していると、ヘリの扉を開けて身を乗り出した俺の足元に、黒い手甲《てっこう》に包まれた手が現れる。

「うぉ!?」

ヘリの扉から上ってきたのは黒いスーツに身を包んだ男、黒騎士と世間で呼ばれている彼であった。

その身体《からだ》から煙を噴き出しながら、足を投げ出すように扉の縁《ふち》に座り込んだ彼は、大きなため息を零《こぼ》した。

「あぁー、死ぬかと思ったー」

「まったく、心配したんだよ。もう」

どこからともなく現れた少女が黒騎士の隣に座る。

さして、その様子を気にせずにようやくあの怪人を深海に落としたことに安堵《あんど》する。

「大変だった？　でもやったじゃん。まあ、君ならこれくらいできても不思議じゃないもんね」

……そうだ、一応の安全確認をしなければ。

俺も周囲と黒騎士の様子を見て、なんの異常もないことを確認しつつ声をかけてみる。

「君、大丈夫……なのか？」

「ええ、あの、お疲れさまでした。お互いに大変でしたね」

子供だ。年は中学生か？　高校生に上がった頃だろうか？

仕草と声からして、なんとなくそれを理解した俺はなんとも言《い》い難《がた》い感情に苛《さいな》まれる。

上はこのことを知っているのか？

彼が、黒騎士と呼ばれた人物が子供だということを……？

「さすが私の見込んだ黒騎士さん。そうでなくっちゃ」

「アルファ。うるさいし纏わりつくな、鬱陶《うっとう》しい」

「うりうり〜」

仲のいい二人を見ていると、先ほどの激闘を忘れ和《なご》やかな心境になる。

緊張が解けたはずみもあって、思わず声をかけてしまう。

「仲睦《なかむつ》まじいな。まるで恋人同士じゃないか」

「いいえ、恋人同士。言ったでしょ？」

「ああ、そう言っていたな。君達は恋人だったんだ。うん、上官から聞いていたんだ」

ははは、こりゃ変なことを聞いてしまったな。

状況が状況の後だ、安堵《あんど》のあまり笑みが零れてしまう。

「アルファ、やめろ」

「はいやめまーす。彼とはお友達なの、だからここに一緒にいるんだよ？」

「ああ、そういえばそうだったな。すまない、忘れていたよ」

少女と黒騎士が〝お友達〟だということは、上官からもしっかりと聞いていたからな。

記憶もちゃんとあるし、間違いない。

……そうだ、肝心《かんじん》なことを忘れていた。

「あのマグマ野郎は……倒したのか？」

少女を睨《にら》む黒騎士に怪人が倒せたかどうかを確認する。

「いいえ、今はアレは倒せないようです」

「待ってくれ、それでは……」

「今は倒せませんが、次には対策を立てられるはずです。その時に、また俺を呼んでください。さすがに、自分の住んでいる国を滅ぼされちゃたまらないですから」

あんな恐ろしい敵にもう一度立ち向かってくれるというのか。

近くにいただけで、怖気づいてしまった自分が情けなくなってくるな。

「ありがとう。君のおかげで俺達は助かった」

「……い、いえ、そういうつもりで動いたわけじゃありませんから」

「照れてる？　もしかして照れてるのかな？」

「……ッ」

彼が右手で少女をどけようとする。

そこで俺は、彼の右腕に黒くひび割れたなにかがついていることに気付く。

「それ、腕か!?」

「あぁ、奴の腕……のようです。どうやら摑みかかられた時に捥《も》ぎってしまったようです」

……必要ですか？」

怪人の生態を研究するとかで貴重なサンプルにはなるだろうが……。

まさか、よりにもよってあのマグマ野郎から腕をもぎ取ったのか？

バリバリと、簡単に右腕から腕を引きはがした彼は、煤《すす》を落としながら立ち上がろうとして、海面へと視線を落とす。

「……少し、ここで待ってもらってもいいでしょうか？」

「どうした？」

「あいつ、まだ上がってくるようです」

「ッ!!」

咄嗟《とっさ》に私も彼の視線の方を見る。

『ウオオオ!!!　アァァァァァス!!!!』

海面から溺《おぼ》れるように顔を出すのは、溶岩が黒く染まったような外殻《がいかく》に包まれた怪人。

無理やり水面に浮かび上がっているのか!?

いや、あの様子じゃ沈むまで時間の問題のはずだ。

「放っておけば、このまま海底まで真っ逆さまに沈んでいくだろうけど……」

「ふふふ、ちゃんとやらなきゃいけないことはわかっているようだね」

「お前の予想通りだなんて、癪《しゃく》に障《さわ》るけどな……」

無言のまま海面を見る彼。

不安になった俺は、とりあえず声をかけようとするが、それよりも早く彼は右手に持っていた怪人の腕を握りなおした。

「次に備えるべきだ。次にこいつと戦うために……」

「うん、その通り。その腕を使うんだ。それならアレも溶かせない」

怪人の腕を見つめた彼は仮面に包まれた顔をこちらへ向ける。

「俺が戻ってこなかったら、ここから離れてください」

彼は行く気だ。

先ほど、あんなに疲れ切るまで戦い続けたのに。

目の前の彼は得体の知れない存在だ。

だが断じて、怪人でも悪人でもない。

不器用な優しさを持った子供なんだ。

「いや、ここで待っている！　絶対に君も帰ってくるんだ!!」

自分の立場関係なしに思わずそう口にしてしまった。

下手をすれば責任問題になる言葉にしまったと思うが、それを言われた彼は、仮面越しではあるがとても驚いているのが分かった。

「いってらっしゃーい」

「……いってきます」

「いつも学校に行くときは返してくれないのに……これは大きな進歩だね」

「お前に言ったんじゃねぇ、よっ！」

最後に何かを呟いて彼がヘリから飛び降りた。

海面で暴れる怪人の上に落下した彼は、そのまま右腕に持っていた怪人の腕を黒く染まったその胴体へと叩き込んだ。

『ガァァァ!?』

海中へ深く沈んでいく怪人と黒騎士。

海面にまで伝わる戦闘の衝撃。

焦燥のまま、彼の姿を見逃さないように海面を凝視する。

「やっぱり、やっぱりやっぱり……君しかいない」

すぐ隣から少女の声が聞こえる。

異常はない。

この大型のヘリには俺と同僚の二人しか乗っていないんだ。

だから、この少女がいても、不思議じゃないんだ。

だって彼女は、黒騎士のお友達なんだから。

「……アレ？」

「おい！　彼が上がってきたぞ!!　こちらで確認できた!!」

「え、あ、い、今引き上げる!!」

海面から上がってきた彼の姿を確認し、急いで縄梯子《なわばしご》を準備する。

「ふふ」

こうして、困難を極めた作戦が終わりを告げた。

黒騎士と政府が協力体制を結んだ事実は隠蔽《いんぺい》されてしまったが、彼と共に戦ったことは我々にとっても意味のあったことだと、今でも信じている。

第八話　マグマ怪人対策会議

マグマ怪人。

カツミくんが当時の自衛隊と協力してようやく撃退《げきたい》することができた強力な怪人。

推定で幹部クラスかそれ以上の怪人と見られていて、政府と本部の中でもトップシークレットに位置する存在らしい。

私達は怪人と戦う立場にいるから当然、未来で戦うかもしれないマグマ怪人について知っていたわけだけど、まさかこのような形で関わることになるとは思いもしなかった。

「すまない。君に手枷《てかせ》をつけることになってしまって」

「いや、気にしてないよ、レイマ。むしろこの方が安心する」

「そういうところが君の変わったところだ。はっはっはっ」

作戦会議をするブリーフィングルームに向かう最中、手枷をしたカツミくんと先ほどまでキャラを乱しに乱しまくっていた社長が、通路を歩きながら雑談を交《か》わしていた。

「おや、おやおや、どうしたのかな？　そんな親の仇《かたき》を見るような目でこぉの、私を見て？」

「「「……！」」」

さらに煽《あお》ってくるのかこの社長は。

緊急事態なのでいちいち怒ってはいられないので、そのまま堪《こら》えていると、なにを思ったのか人一人分くらいの距離を空けて歩いていたカツミくんが話しかけてくる。

「勘違いするなよ」

「え？」

「俺はお前らの仲間になるつもりはないから、名前を呼ぶつもりもないんだ」

そう言葉にして、彼はそっぽを向く。

「……別に、お前らのことを嫌ってるわけじゃない」

「か、カツミく～ん……！」

「ええい、調子に乗るな！　まとわりつくな鬱陶《うっとう》しい!!」

追い返されながらも足は止めない。

「でも、マグマ怪人かぁ。カツミくんでも倒せなかったってことは相当強いんじゃないの？」

「ああ、基本的に大地にいると無敵だ。最悪、奴の能力を使えば日本なんて簡単に崩壊させられるらしいからな」

カツミくんの言葉に対して驚きもせずにため息をつく。

キララもアオイも同じような反応だ。

「やっぱり例に漏《も》れず幹部級はそのくらいの力は持っているよね。私達が負けそうになった大気怪人、オゾン層奪おうとしたアレ……私はトラウマもあって、すごく怖い敵だったよ……」

「あー、確かに」

「分かる」

私の呟《つぶや》きに反応したのはキララとアオイであった。

二人もなにかを思い出すように遠い目をする。

「光食怪人グリッターの時も大変だったわなぁ。一週間日本だけずっと夜やったもん。私なんて電撃やら視力やらも奪われたし大変やったわー。てか、あいつ無駄にヒーローっぽい姿してんのが面倒くさいわ」

「あとあれも凄かった。ろうそく怪人。弱そうかと思ったら、謎空間作り出して引き込んでくるとんでもない能力であやうく死ぬかと思った」

一つとして楽な戦いなんてなかった。

多分、カツミくんが助けてくれた戦いにも同じことが言えるだろう。

「私が評価しているのは我が親友カツミくんだけではない。お前達も同様にスーツを扱える装着者なのだ。……誇っていいのだぞ？」

「さらっと親友呼ばわり……」

「そう言われると素直に誇れんわ……」

アオイとキララのツッコミをスルーした彼は、フッと笑みを浮かべる。

「お前達ならば、マグマ怪人にさえ立ち向かえるだろう。なにせ、それが人類の希望、ジャスティスクルセイダーなのだからな」

　そこまで決めて歩き始める社長。

　こうよく分からないところで決めるところは毎回変わらないなぁ。

「まあ、俺はお前達のおかげで怪人に狙われずに済んでいたからな」

「カツミくんは、その間は何をしていたの？」

「……細かいことは忘れた。覚えてねぇよ」

「覚えてない？　言いたくないだけ？」

　キララの言葉にカツミくんは少しバツが悪そうに頬《ほお》を掻《か》く。

「いや、そういうわけじゃなくてマジで覚えてないんだよ。まあ、三日前の朝食を思い出せないとかと同じ感覚。気にするほどのもんじゃねぇよ」

　まあ、本人がそう言うのならそうなんだろうな。

　さして悩んだ様子もないし、誤魔化《ごまか》しているわけでもなさそう。

　そんな会話をしているうちに、ブリーフィングルームへと到着する。

　部屋には既《すで》にジャスティスクルセイダーの活動をサポートしてくれているスタッフさん達がいて、プロジェクターで映し出された画面には、移動を開始しているマグマ怪人の姿があった。

「全員揃《そろ》ったな。ここは本部開発主任の私が、指揮を任されることとなった。事態は急を要するので早速本題へ入ろう」

何気なく自身が社長であることを隠しながら、プロジェクターを操作する。

ズームされるのは白い蒸気に包まれながら海上を移動しているマグマ怪人の姿だ。

「対象は海上をゆっくりと移動しながら日本へ向かっている。目的は、侵略、それか国土の崩壊。大地からエネルギーを吸い取り操る奴にかかれば、日本という小さな島国などものの数時間で崩壊させることも容易だろう」

映し出されたのはマグマ怪人の移動ルートと、到着してしまった場合に起きる惨劇。

日本に亀裂が入り、砕け散っていくところを見せた上で、社長はパンッ！　と手を叩いた。

「だが、前回そうならなかったのは当時のここにいる黒騎士、カツミくんを含めたこの国の人々の尽力があったからだろう。ならば、私達も彼らと同じように手を取り、協力し、事態の解決に当たる。政府は既に、事態の解決のために協力する意向にある」

彼の言葉にスタッフが頷《うなず》いていく。

ここにいる人達はずっと私達を支えて来てくれた人だ。

なので、マグマ怪人のような事態の解決に当たってきたこともあり、こういう状況にものすごく強い。

この場の誰も諦めていないことに満足そうに頷いた彼は、次にカツミくんへと視線を向ける。

「ではカツミくん。最も近くでマグマ怪人と戦った君に奴とどう戦ったのかを説明してもらっても構わないかな？」

「分かった」

手枷をしたカツミくんが社長の代わりに前に出る。

再びマグマ怪人の移動を映し出したプロジェクターを見ながら、彼はやや緊張した面持《おもも》ちで……助けを求めるように私の方を向いた。

「お、おい、なにも悪いことしないから、スーツ着てもいいか？」

「なんで……？」

「スーツなしでこんな人前で話したことないんだよ。素顔を見られることに慣れてない」

え、なにそれかわいい。

恐らく、隣の二人も頭に電撃が走ったようにそう思ったことだろう。

しかしさすがにここで変身させるのは大問題だし……。

「これを使ってくれ」

不意に社長がカツミくんに仮面のようなものを手渡す。

それがモロ黒騎士風の玩具《おもちゃ》のような仮面だったので逆にこっちがびっくりしてしまう。

「黒騎士くん仮面だ。偶然この部屋に置いてあってな。よければ使ってくれ」

「感謝する、レイマ」

「フッ、気にするな」

彼が被って前に出ると、室内にどよめきが走る。

当然だ、と思いつつなぜあんなものを持っていたのかを社長に尋ねる。

「あの、なんであんな仮面を？　いつ作ったんですか？」

「商品開発部のマーケティングをこの部屋で行ってな。その一環であそこにいる社員が黒騎士くん仮面を作ったんだ。彼に渡したあれはここに置き忘れていたものだ」

「ツッコミどころがありすぎるんですけど」

「弟と妹が欲しがりそうやねぇ」

私達の武器とか装備とかをリデザインした玩具や商品も売ってるのに……まさかカツミくんのまで売ろうとしているの？

そう考えるとこのどよめきは、別のどよめきを表しているかのように思えてしまう。

「えぇと、まず一つ言えること。それはマグマ怪人が大地にいる限り無敵だということです。それは皆さん……ご存じのようですね」

普通に敬語で話してくれてびっくりした。

そういえば、今までカツミくんが話したのを見たのは私達か社長か白川《しらかわ》ちゃんだけだった。

カツミくんは認めないと思うけど、やっぱり君はいい人だよ。

優し気な目でカツミくんを見守っていると、彼はモニターに映るマグマ怪人を指さす。

「こいつは大地から力を吸い取り、自分の力にする。それは電気ナメクジ怪人と同じですが、あれと違うのは奴は地に足がついている限りエネルギーが供給される。つまり地球にエネルギーがある限り不滅とも言えるでしょう」

とんでもない怪人だ。

幹部クラスは大抵そのような一癖も二癖もある能力を持っているが、マグマ怪人はストレートに強いんだね。

「当時、戦闘する以前からそのことは分かっていました。なので、何重にも重ねられた装甲を組み合わせた特注のコンテナと、最新鋭のヘリを用いてマグマ怪人を太平洋沖の深海に落とすという作戦を取ることになったんです。……地上から離してしまえば、地球からの供給もなくなりますからね」

するとスタッフの中から手を挙げるものがいる。

カツミくんが頷くと、書類を確認しながら立ち上がった男性スタッフは質問を投げかけた。

「どのようにしてコンテナにマグマ怪人を？　入れたのは分かっていますがその部分の詳細は書かれていなかったので」

「無敵ではありますが衝撃が通らないことはなかったので、攻撃し続けて無理やりのけぞらせたところをコンテナに詰め込みました」

「なるほど、やはり殴りまくった、ということですか？」

「え、ええ」

「では、怪人と共に中に入ったのも熱を発散させるためにあえて密閉空間での一対一の戦闘をしたということですね？」

「そ、その通りです」

満足した様子で座る男性スタッフ。

ここのスタッフは私達がジャスティスクルセイダーになる前からカツミくんの活動を見てきたから彼の意図をよく理解しているんだろうなぁ。

当のカツミくんは困惑しちゃってるけど。

「それで、目的地までコンテナで運んで深海に突き落としたんですが……」

カツミくんがコンテナに閉じ込めた怪人を深海に落としたくだりまでを説明すると、プロジェクターへと振り返る。

「すみません。この画像、もっとズームすることはできますか？」

「はい。可能です」

「ありがとうございます。……うん、やっぱりあったな。これ、この怪人の胸のところ、なにか刺さっているでしょう？」

ズームされた画像を見れば、たしかに怪人の胸部になにかが突き刺さっている。

あれは、なに？　思わず首を傾《かし》げると、カツミくんはやや安堵《あんど》した様子でソレを指さした。

「これは奴の腕です。深海に落とす際に、もぎ取った腕を胸に突き刺したんです。運悪く核には当たりませんでしたが、あそこが奴の弱点となりうるでしょう」

「「はぁ!?」」

さすがにその場にいた全員の声が重なる。

腕をもぎ取った!?　胸に突き刺した!?　君、前の戦いの時点でそこまで追い詰めていたの!?

「前回は無敵でしたが、そうではない。事実、胸部あたりのエネルギー値が低いはずです」

「……彼の言う通りです！　主任!!」

「ならば、奴が胸部の傷を癒《いや》すその前に叩くぞ！　こちらも対マグマ怪人に備えた新兵器を全力で使う！」

いっきに慌ただしく動き出す室内に、彼は仮面を取りながら疲れたようなため息をついた。

「お前ら強いから大丈夫だろ。じゃ、頑張れよ。俺は独房で作戦の成功を祈っておいてやる」

「……一緒には、戦えないの？」

「マグマ怪人が怪我《けが》してなきゃ戦っていたが、あれは倒せない敵から、倒せる敵になったんだ。お前らなら確実にやれるはずだ」

そう言ってカツミくんは近くの二つ空いた椅子の一つに座ってしまう。

たしかに彼の言う通りだと思うけど、こうまで頑《かたく》なに拒むのは何か他にも理由があるのかな……。

「あ、もしもし。こちらは作戦固まったからそっちに送……なんだと？」

すぐ近くで端末で連絡をしていた社長が、珍しく焦ったような声を漏らす。

「しかし彼は……ッ、はい……分かり、ました」

「……なにかあったんですか？」

「ヴァアアアア!!　地球人！　こっちの事情を考えろぉぉ！」

デスボイスと共に豪快に端末を床に叩きつけ砕き割る社長。

そのあまりの声に驚くスタッフ達を無視した彼は、同じように驚きに目を丸くしているカツミくんの前に近づく。

「すまないが、カツミくん」

「ど、どうした、レイマ？　え、なに地球人って、あんた宇宙人なの？　ははは」

「そんな些末《さまつ》なことはどうでもいいのだ!!　……カツミくん、政府からの要請だ。君も作戦に参加してほしい、と」

社長の言葉にきょとんとするカツミくん。

「いや、なんでだよ？　俺の出る幕ねぇと思うんだけど」

「彼らは前回の君の活躍とマグマ怪人の恐ろしさを知っているからな。確実性も考慮して、全力でマグマ怪人の討伐に当たりたいのだろう。もしもの事態がないとは限らない、からとな……すまない」

「……分かった。分かったって。あんたが謝ることじゃないだろ」

重いため息をついた彼は、そのまま立ち上がりこちらへ歩いてくる。

「あー、そういうわけで一緒に戦うことになっちまったようだ」

「……うん」

「まあ、久しぶりに暴れられるって考えれば悪くない。やるぞ、ジャスティスクルセイダー」

半ば強制的に一緒に戦うことになってしまった。

こちらとしてはこのような形での共闘は不本意ではあるが、カツミくんの助力が頼もしいことに変わりはない。

対マグマ怪人、これまで通りに気を引き締めて戦わなくちゃな。

私達は基本的に出撃するその前に変身を完了させる。

街中で変身するようなことは稀《まれ》で、あったとしても必要に迫《せま》られた時にしかしない。

このご時世、変身したところを見られれば簡単に広まってしまうし、無用な騒ぎを避けるために私達はあらかじめ変身を完了させてから現場に向かう。

今回もそれは同じだった。

『UNIVERSE!!』

前に軽く掲げたジャスティスチェンジャーに指を押し当て、認証プロセスを起動させる。

カツミくんのチェンジャーと異なる音声が鳴り響いた後に独特の待機音声が流れだす。

『Loading N. N. N. Now Loading → Loading N. N. N. Now Loading』

リズム感溢《あふ》れる待機音に合わせ、口元にチェンジャーを近づけた私達は最後の――音声認証での変身の合図を口にする。

「変身!」

『Flame Red! Acceleration!!!』

チェンジャーを中心に特殊《とくしゅ》なフィールドが形成される。

粒子化されたスーツと仮面が、私達の身体《からだ》を覆う。

腕部に装着されたジャスティスチェンジャー。

それぞれの腰に装備された武器。

赤、青、黄、三色をメインとした私達が変身を終えると同時に、最後の音声が鳴り響く。

『CHANGE → UP RIGGING!! SYSTEM OF JUSTICE CRUSADE……!!』

改めて聞くとプロトスーツと比べて音声が盛りだくさん過ぎる。

これだけで社長がやりたい放題しているのが分かる。そしてなにより、このスーツのなにが酷いって……。

「燃える炎は勇気の証！　ジャスティスレッド！」

「流れる水は奇跡の印！　ジャスティスブルー！」

「轟《とどろ》く稲妻は希望の光！　ジャスティスイエロー！」


「「「三人合わせて！　三色戦隊ジャスティスクルセイダー!!!」」」


この台詞《せりふ》をやらないとマスクにアラートが鳴るところだ。

なにやら、スポンサーだとか自分の趣味だとかで社長がつけさせた機能なのだが、初変身以降は人前でやったことはない。

というより人前で変身しないので必要ないはずなのだが、それでもやらなくてはいけないのは本当に辛《つら》い。

ポーズをやり遂《と》げた後、隣で既に変身を終えていたカツミくんがやや引いた様子で私達を見ていることに気付いてしまう。

「前から思ってたけどさ……お前らそれ恥ずかしくないの？」


「「「…………」」」

「あっ、なんかごめんな？　いや、ちょ……無言で泣くなよ!?　仮面で分からないけど！」

いざ言われてしまうと猛烈に泣きたくなってくる。

マグマ怪人倒したらあとで絶対この機能をとってもらおう。

あのにやつき面《づら》の社長の顔を思い出しながら私はそう決心するのであった。

第九話　歴戦の戦士と感情を得た怪人

海上に浮かぶ船。

それに乗った俺とジャスティスクルセイダーは既に強化スーツに変身したまま、マグマ怪人がやってくるであろう水平線の先を見据《みす》えていた。

「これ造るのにいくらぐらいかかったんだ……？」

「少なくとも何百億とかするとは思う。謎技術で造ったたって話らしいし」

見た目は小型船舶なんだけど、その実態はまるで異なる。

まさしく対マグマ怪人専用の〝決戦場〟とも言える。

「本当に装備とかいらないの？」

「いまさら拳《こぶし》以外使えんし」

「でも私の武器とかすごいよ？　これ！　色んなもの溶断できちゃうんだ!!」

チェンジャーから飛び出した柄《つか》をレッドが引っ張ると、赤熱した刃《やいば》が特徴的な西洋剣が出てくる。

形状からしてもマグマ怪人にも溶かされず攻撃も食らわせられるやばい剣だ。

明らかに女子高生が振り回してはいけないものだが、これがレッドの主武装である。

「レッドやめーな。彼は拳一つで怪人と戦ってきた男や」

かくいうイエローは両刃の斧《おの》を肩で担ぐように持っている。

電撃タイプなのにパワー全振りなのがこいつだ。

「でも、黒騎士くんの新武器はちょっと気になるかも」

丸みを帯びた青色の銃を二つ持ったブルーが、それの調子を確かめている。

時折、二つの銃を合体させてライフルのような形状にさせている謎技術を見せている。

「…………」

やはり慣れない。

こいつらとこうやって肩を並べるのは。

いつもは途中からしょうがなく助けに入る感じではあったが、今回は最初から味方なのだ。

不本意でしかないが、たしかにもしもの事態を考えるのなら俺もいた方がいい。

『そろそろマグマ怪人が到着する。すごいスピードだ。できるだけ注意を引くように』

「「「了解」」」

「ああ」

マスクに直接聞こえてくる通信に頷《うなず》き、水平線を見る。

「ッ、なんだ？」

「敵が来るよ？　どうしたの？」

「いや、なんか見られているような気がして……」

……気のせいじゃない。周囲を気にしながらも、水平線へと視線を戻すと小さな黒い点と白い蒸気のようなものが徐々に見えてくる。

それは揺れる波を無視しながら、真っすぐに俺達のいる船へと向かってきていた。

赤熱した外殻《がいかく》を持つ怪人、マグマ怪人。

カメラで見た通り、その左腕は元あった位置ではなく胸部分に突き刺さっているな。

「ク……シ……」

「ん？　なんだ？」

奴がなにかを叫んでいる。

完全に目視できる距離にまで近づいてきた奴はまっすぐに俺を睨《にら》みつけながら、頬《ほお》まで裂《さ》けた口を大きく広げ白煙を吐き出す。

「クロキシィィィイ!!」

思いっきり俺のことを呼んだな。

かなりのスピードで海の上を滑るように移動するマグマ怪人を目にしたレッドは訝《いぶか》し気《げ》に俺を見る。

「ねえ、君の名前を呼んでるよ？」

「あいつ喋《しゃべ》れたのか？　……まあ、怪人でもそれほど珍しくないだろ。あの野郎から恨みを買ってる自覚はあるから、特に気にするもんでもねぇだろ」

「というか、喋らない怪人の方が怖いわ」

「分かる」

さすがに修羅場を潜《くぐ》っているだけあってこの状況でもビビったりはしないようだ。

「なんだ、頼もしくなっ……っ」

いや、口に出したら駄目だろ。

俺はこいつらの仲間になるつもりはない。

それだけは絶対に譲ってはいけない約束なんだ。

「ん？　約束ってなんだ？」

自分でそう呟《つぶや》いて首を傾《かし》げる。

「クロキシィィイ!!」

「……バカの一つ覚えみてぇに叫びやがって」

気づけば既にマグマ怪人は距離５０メートルほど近くにまでやってきていた。

「ヴヴォ……」

「止まった……？」

突如としてその動きを止めた奴は、ぐつぐつと海面を沸騰させながら、どこにあるか分からない目で俺を睨みつけてくる。

「一年と半年ぶりだな。どうだぁ？　胸の傷は痛むかぁ？」

「ギ、ィィ!!!」

「怪人相手には悪人みたい……」

ぼそっとレッドが何かを呟いているが、挑発しつつ奴の調子を確かめる。

恐らく海底火山かなにかで力を蓄えていたのだろう。

エネルギー量は恐らくＭＡＸ。

だがここは大地の上でもなんでもねぇ海面だからその力を減らし続けることはできるし、なによりあの胸の傷からエネルギーが常時漏れ出しているので、前よりかは追い詰めやすくなっているはずだ。

「今度は二度と上がってこられねぇように、ちゃんととどめを刺してやるよ」

「ガァァ!!」

怒りに呑《の》まれたマグマ怪人がその手から溶岩を放つ。

すぐさま俺達は、小型船舶から飛び降りそのまま海面の上に立つ。

『対マグマ怪人潜水艦。ジャスティスマリーン！　浮上!!』

仮面内部から聞こえるレイマの声。

轟音《ごうおん》と共に、今立っている足場が徐々に浮上していき、視線の先にいるマグマ怪人を巻き込み、一つのフィールドとなる。

突如として海面に現れた物体に困惑しているマグマ怪人に笑みを向ける。

「対マグマ怪人戦用の潜水艦……らしいぞ？　大地に立たせて駄目なら、海に立たせればいいってな」

ジャスティスマリーンと名付けられた潜水艦の上部の形状は、どちらかというと空母のそれに近い。

戦う場所としては狭く思えるが、足場にはマグマ怪人への熱対策が施され、数分程度ならば奴が放つマグマにも耐えられるというすごい潜水艦だ。

「あのマグマ野郎を戦いの場へ誘《おび》き寄《よ》せた。さて、やってやるか」

「うん。私とイエローと黒騎士くんで前衛」

「腕がなるでー」

右手で握りしめた剣を構えるレッド。

ぶんぶんと斧を振り回すイエロー。

「ブルーが射撃での支援、よろしくね」

「合点承知のすけ」

そして、軽く二丁拳銃を構えたブルー。

いつもの陣形に、今日は最初から俺が組まれているわけだが……基本的にあっちは三人で合わせるので、俺は俺で好き勝手に突っ込んでいけば問題ない。

「だがら、どぉした」

「ん？」

「おまえ　らが　いくら愚かにも策を講じようとも、この地球の化身《けしん》であるわだしをだおすことは、できない」

いきなり流暢《りゅうちょう》に喋るようになったな。

力のまま暴れていた頃の奴とは違ってかなり賢くなっているようだ。

「づぎは、あそこの虫どもだ。つぎはもっとおおきな虫どもを焼き尽くして、殺しづくして、絶滅させてやる」

「……随分と自信があるようだな」

「わだじは、惑星怪人アース！　地球の代弁者。おまえらはこの地球に必要、ない！」

代弁者ときたか。

今までの怪人もご高説を並べてきたわけだがこいつは相当だ。

事実かどうかは分からないが、どちらにしてもこいつは絶対にここで仕留めなければならない。

「だが、くろきし、わだじはおまえを殺」

「うるせえ！」

「シィぎぃ!?」

高熱を放つ顔面に跳《と》び膝蹴《ひざげ》りを叩き込み、ぐるん！　と一回転させるように吹っ飛ばす。

びたーん！　と甲板《かんぱん》に全身をうちつけたマグマ怪人……否《いな》、惑星怪人アースは、怒りのままに全身の温度を上昇させはじめる。

「後悔ずるなよ、わだじは不死身だ」

「さっさと来いよ、うるせぇなぁ」

「ッ、スゥウゥ!!」

怒りに身を震わせたアースが空気を大きく吸い込む。

身体《からだ》を肥大化させ身に纏《まと》うマグマをさらに高温化させた奴は、大口を開け濁流《だくりゅう》のように大量の溶岩を吐き出した。

「バァァァ!!」

津波のように迫る溶岩。

相変わらずの面倒な怪人だが、生憎《あいにく》この程度の攻撃でやられるほど俺達は弱くねぇ。

「そいっ!!」

「ふんっ!!」

俺が拳を振るい、レッドが剣を薙《な》ぎ払《はら》う。

同時に繰り出した一撃が迫る溶岩を押し返し、周囲に拡散させる。

『ここは海だ!!　周囲に被害が及ぶことはないから思う存分に戦ってもいいぞ!!』

「最初からそのつもりだ!!」

レイマの通信を耳にし、踏み込みと共にマグマ怪人の懐《ふところ》に潜り込む。

そのまま奴の無防備な胴体《どうたい》に拳を叩きこむ。

「ガァッ!?」

「啖呵《たんか》切った割には一丁前に防御固めてんじゃねぇか!!」

よほど胴体をぶちぬかれたのがトラウマになっているようだ。

弱点の胴体を溶岩の外殻で固めてやがる。

「なら、はぎ取っていけばいいよなァ!!」

「ッフザケ」

「イエロー!!」

反撃される前に回し蹴りを叩きつけ、斧を肩に担ぐように構えたイエローへ飛ばしてやる。

「ぶちかましたる!!」

斧から夥《おびただ》しい電撃を迸《ほとばし》らせたイエローの一撃が叩き込まれる。

内包した電撃が解放され動きを止めるアースにさらにレッドが斬りかかり、堅牢な外殻の一部がはがれる。

「意外と脆《もろ》いもんだね！　地球!!」

一瞬で返す刃《やいば》で怪人の背を斬りつけ、さらに突き刺す。

亀裂の入った左肩の関節から刃が飛び出し、血液のように溶岩が溢《あふ》れ出《で》る。

普通なら溶岩って時点で危険極まりないだろうが、俺のスーツもジャスティス共のスーツも特別製。

普通では考えられない力で守られている。

「オオオォォ!!」

「わわっ！」

さらに熱量を上げて立ち上がり、アースがレッドを追い払う。

「隙あり」

「がっ、が、ががが!?」

奴の足元に滑り込んだブルーが胸部の弱点に連続して、水色のエネルギー弾を叩き込んでいく。

「惑星怪人とかスケールでかすぎぃー……」

「危ねーぞ」

「わっ!?」

ブルーへ繰り出された高熱を纏った足を蹴りで弾き、攻撃を逸《そ》らす。

「油断すんなブルー」

「きゅん」

なに今の音……？

謎の効果音を口で発したブルーに疑問を抱きながら、さらに突き出された右腕を腕でいなし、アースと睨み合う。

「俺だけだったら、まだ話が違ったんだろうが」

「クロキシィイ!!」

「生憎《あいにく》、今回も一人じゃないんでね!!」

迫りくる溶岩の拳を真正面から殴り返し、一気に懐に入り六度ほど拳を叩きつける。

拳の衝撃で後ろに飛びそうになったところで背後からレッドとイエローが斬りつけ、こちらへ跳ね返ってきてはぶん殴る。

「オ、ォ……！」

なんとか堪《こら》えたところにブルーのエネルギー弾が襲い掛かる。

ジャスティスクルセイダーの連携を繋《つな》ぐ役割を担いながら、間断《かんだん》なく攻撃を与えていく。

「そいや！」

俺の蹴りで地面に叩きつけられたところを、再度イエローが掬《すく》い上《あ》げるように振るった斧で吹き飛ばされ、その先でレッドの剣により叩き斬られる。

さらに攻勢に出ようとすれば、ブルーの射撃が的確に視界、弱点、足元へと直撃し無理やり動きを止められ、もう一度先ほどと同じ攻撃が繰り返される。

「この一体感、いいなぁ」

「無駄口を叩くな。レッド」

「はーい！」

頭上から隕石のように降り注ぐ溶岩へ向かってレッドが跳躍《ちょうやく》。

そのまま縦に振るった剣で真っ二つに斬り裂く彼女に、思わずため息をつく。

「……やっぱ、お前らもつえーよ。俺がいなくても」

伊達《だて》に一年間戦ってきたわけじゃない。

たしかに、何度か俺が助けはしたが、敗北を経験するごとに彼女達はそれを糧《かて》にしてさらに強く、たくましく成長していった。

アースが地上におらず、胸に大きな傷を負っている点を加味《かみ》したとしても、相手は並みの怪人を遥《はる》かに上回る強さを持っている。

それを相手に優勢に戦えている彼女達は疑いようもなく強い。

「オオ、オオオ!!」

「うわぅ!?」

「これはまずっ」

「一旦離脱！」

さらに熱量を上げはじめるアース。

彼女達が離れるということは、ジャスティススーツでは耐えられないほどの熱量なのだろう。

すると、俺達の耳にレイマとオペレーターをしている女性の声が聞こえてくる。

『惑星怪人アースの周囲の温度、上昇し続けています!!　周辺10メートル内は……２９６５℃!?　依然上昇中!!』

『惑星怪人ってのもあながち間違いじゃなさそうだ!!　この上昇値は太陽の表面温度に迫る勢いだ!!　さっさとなんとかしないとその足場も危ないぞ!!』

「なら俺が行く」

溶解しかけた床を踏み、奴の周囲に飛び込む。

前回の戦いの時、あのコンテナの中で行われたソレは、一対一の殴り合いではなく、ただ無造作に力を振るうこいつの攻撃を避けながら一方的に俺が殴り続けるというものでしかなかった。

今の状況も同じ、俺がこいつをひたすらにぶん殴りまくればいいだけだ。

「死ネェ!!　クロキシィ!!」

アースが突き出した赤熱する右腕を無造作に差し出した掌《てのひら》で受け止める。

「ナァ!?」

「その程度か？」

アースの拳を握りつぶさんばかりに握り返し、その胴体に拳を叩きこむ。

「ガッ、ゲェエ……」

夥しい熱量を放つアースがその口から血反吐《ちへど》じみた溶岩を吐き出し膝をつく。

「おらよぉ!!」

さらに腕を摑《つか》んだままその身体を振り回し、ジャスティスマリーンの甲板にアースを背中から叩きつける。

ジャスティスマリーンが斜めに傾き、舞い上がった海水が蒸発しながら頭上から降り注いでくるが、構わず俺は呻《うめ》くアースの頭に足を叩きつけ、力任せに右腕を引きちぎる。

「ガ、ァアアアア!?」

『か、カツミくん!!　足場には気を付けてくれ!!　主に我々の身が危ない!!』

しまった、ジャスティスマリーンにはレイマ達もいるんだった。

「クロキシィィ!!」

「折角残った腕もこの様だなぁオイ!!」

「オオオォォ!!」

引きちぎったアースの右腕を後ろに放り投げながら煽《あお》ってやると、奴はさらに怒りを燃《も》え滾《たぎ》らせながらとびかかってきた。

感情豊かになったのは別にいいが……!

「それで単純バカになったら世話ねぇな!!」

拳を鋭く顎《あご》に命中させ、次にその足を蹴りで崩す。

怯《ひる》んだところで、またぶん殴る!

「ガァァ!!」

それでもなお無理に攻撃してこようとするアース。

だが、俺の背後から飛んできたレッドの剣が亀裂の入っていたアースの肩を貫通する。

「おぉぉっし!!　当たったよぉ!!」

「よくやったレッド!!」

怯んだ勢いのまま、さらに拳を叩き込み奴のエネルギーを一気に削り取る。

「ギ、ヒッ……!?」

奴の声と雰囲気から感じるのは、明確な恐怖。

あの機械的に溶岩をまき散らしていた怪人とは思えないものだ。

だが情けなどかけるはずがない。

「ぶふうぅぅぅぅぅ!!」

「なっ!?」

煙幕だと!?

突如として口から白い煙を噴いたアース。

その煙を払いながら追撃を行おうとするが、その先には奴はいない。

「「逃げた!?」」

「……は?」

唖然《あぜん》としたまま奴の気配のする方を見れば、この船から脱出したアースが海面を滑りながら日本へとまっすぐ逃げようとしている姿が視界に映りこむ。

「大地に、大地にづきざえすればぁ……!」

みっともなく日本に向かおうとするアース。

そんな奴の姿を見て、俺の脳裏《のうり》に一年と半年前の記憶がよぎる。

『黒騎士、頼んだぞ……』

『家族を、守ってくれ』

『俺達の代わりに……』

日本を守るために一緒に戦った自衛隊の人達の姿。

彼らは奴と命がけで戦い、逃げずに立ち向かった。

それなのに奴は、最後まで戦いもせずに俺達から逃げようとしている。

『奴は弱っている！　ジャスティスクルセイダー！　とどめをさせ!!　ファイナルウェポンの使用を許可する……って、カツミくん！　なにをしようとしているんだ!?』

大きく助走距離をとった俺にレイマが声を上げる。

「ちょ、カツ……黒騎士くん!?　ど、どうするつもり!?」

「とどめは私達に任せるんや！」

「あのふざけた野郎は俺がぶっ飛ばす!!」

よりにもよって怪人のテメェがわが身可愛《かわい》さで逃げ出すなんて、絶対に許しちゃおけねぇだろうが!!

日本へと向かって行く奴を目にし、迷いなく助走をつけて甲板から海へと飛び込む。

スーツの身体強化に任せ、海原を蹴り海上を走る。

『海を走った!?　いや、君ならば不可能はないだろう!!　さすがは君だァ！　ウェ、ウェへへァァ!!　君の新しいスーツの構想がドバドバ湧き上がってくるぞぉぉ!!』

『主任!!　ちょっとうるさいから黙っててください!!!』

『はい、ごめんなさい……』

騒ぐレイマを怒鳴りつけたオペレーターの女性は、そのまま海面を走る俺へと声を投げかけてくる。

『黒騎士くん!!　惑星怪人アースの核は胸の真ん中から左に10センチほどズレた位置にある小さな球体です!!』

「了解!!」

核の場所は分かった。

懸命《けんめい》に海面を滑っていくアースの背中へ追いつき、その拳を固める。

「皮肉なもんだなぁ!!」

「ッ!?」

「感情を得て弱くなるなんてなァ!!」

海面を跳躍、そのまま大きく拳を振り上げた勢いのままアースを殴りつけ、海水へと叩きつける。

奴が足元に作り出した溶岩が冷えて固まった場所に背中を激突するが、そのままもがく奴の肩を掴んで頭突きを食らわせた勢いのまま、言葉を叩きつける。

「お前と戦った人達は、立ち向かったぞ!!」

「ヒッ」

一年半前、なし崩し的に一緒に作戦を共にすることになった自衛隊の人達。

他にも多くの人がお前と戦う覚悟を決めていた。

彼らは俺のようなワルモノとは違い、日本のために、家族を守るために戦った。

それは、俺なんかには絶対にできないすごいことなんだよ!!

「よりにもよって、お前は俺達に背を向けて逃げやがったなァ!!」

だがこいつは日本を害する意志を持ったまま、俺達から逃げた。

「あの人達は、命を懸《か》けてお前と戦った!!　なのに、追い詰められたお前は逃げるのか!!

ふざけやがってこの腰抜け野郎!!」

「……わだじは惑星怪人アース!!　お前だぢを絶滅ざぜる!!　わだじは惑星怪人アース!!

お前だぢを絶滅させる……代弁者ぁ……ッ!!」

「テメェが人間をムシ呼ばわりする資格なんてねぇんだよ!!　この寄生虫野郎が!!」

壊れたプレイヤーのように恐怖の籠《こも》った声で同じ言葉を呟き、溶岩で再生させた赤熱した右手で顔を摑みにくる。

至近距離の高熱でアラートが鳴るが、それに構わず掲げた手を手刀の形へと変える。

「その出来損ないの心臓はいらねぇよなぁ!!」

そのまま渾身《こんしん》の力で放った抜き手を怪人の胸へと突き刺す。

外殻を力業《ちからわざ》で突破し、かつて俺がこいつの左腕を突き刺した僅《わず》か左にあるソレを摑み取る。

「ヤ、ヤメッ」

奴の懇願《こんがん》を無視し、身体に足を掛け力ずくでそれを引き抜く。

「ア」

瞬間、アースの身体は真っ白に染まりボロボロと崩れ落ちていく。

無言のまま手の中の小さなピンポン玉ほどの核を握りつぶした俺は、この騒動の終わりに思わずため息をついた。

「………………」

これで犠牲者が報われるだなんて思わない。

だがケジメはつけることができた。

「戻るか……。……ッ！」

何か、空気を振動させる音。

波の音に混じってその音を聞いた俺は、足元の溶岩が固まった石を割り砕き、音のした空中へと放り投げる。

するとなにもない空間にパァンという音が響き渡り、なにかが落ちる。

「……水色の……なんだこれ？　オペレーターさん、なんですかこれ」

『ドローン!?　なぜこんなものがここに!?』

空と海の色にカモフラージュされているように塗装された『どろーん』と呼ばれる機械。

「アアァァ!?　ドローンが!?」

「はい……？」

こちらに流れ着いたそれを拾いながら首を傾げていると、この場にそぐわない呑気《のんき》な悲鳴が聞こえてくる。

声のする方を見れば、一隻《いっせき》の漁船が漂っているではないか。

「やっぱい見つかったっ！」

「逃げるが勝ちっしょ！　うおおおお!!　生放送めっちゃやばい!!」

「さっすが怪人戦！　これで俺達有名人だ！」

なんだあいつら……？

一般人、だよな？　たしかこの海域は封鎖されているはずなのに……。

俺の視線に気づいたのか、そそくさと逃げようとする漁船だが、その直後に――彼らを追ってきたとみられる自衛隊の船が取り囲む。

「うわあああああ!?」

「だから言ったんだよ!!」

あれよあれよという間に拘束される彼らを見ながら首を傾げるしかなかった。

本当になんなんだあいつらは？

『……あーあ、こりゃ大変だぞ』

「どうした？　レイマ」

『日本との距離も近いせいか電波が届いてしまったのか。全く、愚《おろ》かなことをしてくれたものだ……』

本当にどうしたのだろうか？

なにがあったか未《いま》だに分からないが、とてつもなく落胆しているレイマ。

『この戦いが世間にバレてしまった』

「……はい？」

分かりやすく話してくれる彼に、俺はまた呆気《あっけ》にとられた声を返すしかなかった。

325: ヒーローと名無しさん
とりあえず激動の一か月だったと他人事ながら思う

一か月前の惑星怪人討伐事件でアホな一般人がジャスティスクルセイダーと黒騎士くんの戦闘を生放送をして暴露

撮影した当事者は拘束され、そのあとどうなったかはまだ分からないが、まあ無傷ではいられないだろうなぁ

326: ヒーローと名無しさん
政府も思い切ったことしたよな
一年と半年前の惑星怪人アースとの戦いから、一か月前の戦いの情報も公開するだなんて……

327: ヒーローと名無しさん
黒騎士くん怪人とジャスティス戦隊以外には敬語って初めて知った

しかも当時15歳という事実に心が震えた

328: ヒーローと名無しさん
録画記録見て、なんで逃げ出したアースにマジギレしたのかよく理解できた

329: ヒーローと名無しさん
私達が知らないところで命を懸けて戦ってくれた人達がいてくれたんだなって……

330: ヒーローと名無しさん
相手が地球の名前持った敵とか意味わからん敵すぎる
能力も地球のエネルギーを吸い取って大地にいる限り無敵とかなんだよそれ……
そんな相手とよく立ち向かえたな、自衛隊

331: ヒーローと名無しさん
なんで一部怪人連中ってクソみたいな能力してんだろうなぁ
殺意高すぎてなんで人類滅んでないん？　ってレベルでやばい……

332: ヒーローと名無しさん
そりゃジャスティスクルセイダーと黒騎士くんが頑張りまくっていたからだよ

333: ヒーローと名無しさん
正直、黒騎士反対派だったが、協力要請はしょうがねぇんじゃないかと思う
だって割と日本どころか世界規模の危機だったんでしょ？　さすがに自分の命までどうでもいいとは言えないから、黒騎士と陸自の人達の尽力があって今がある

と思ってる

334: ヒーローと名無しさん
実際、彼らがいなければ、日本は終わってた

335: ヒーローと名無しさん
やっぱ黒騎士くんがいなきゃな !!

336: ヒーローと名無しさん
大袈裟でもなんでもなく黒騎士くんいなけりゃ一年半前に日本終わってたしな

337: ヒーローと名無しさん
当時の状況はマジで絶望的だったらしいよ
いつアースが日本壊しにくるか分からないし、現代兵器が奴には通用しない

黒騎士くんを呼び出したのも政府にとっての苦肉の策だったっぽい

338: ヒーローと名無しさん
一見無謀な作戦を立ててたけど、実際やってみたら
ゴリゴリの肉弾戦だったという罠

339: ヒーローと名無しさん
マグマ怪人って時点で強キャラすぎる
……創作とかで強すぎて序盤で処理されるけど、こいつはマジでやばい

340: ヒーローと名無しさん
一昨年休火山がいきなり活発化してすぐに鎮静化したってニュースやってたけど
これってアースが活発化させた火山のエネルギー吸収して起こった事件だったのか

341: ヒーローと名無しさん
惑星怪人「エネルギー供給されてるから無敵無敵無敵ィィ !!」
黒騎士くん「殴りまくってコンテナにぶちこんで地上から離してエネルギー源ぶっちぎってやる」

やってることおかしすぎるだろ !!

342: ヒーローと名無しさん
惑星怪人「ムムム、こんなコンテナ溶かしてやる！」
黒騎士「コンニチワッ !!」
惑星怪人「ヒェ !?」
黒騎士「溶かす暇与えないようにノンストップで殴り続けてやる」

（電気ナメクジ怪人の）経験が生きたな

343: ヒーローと名無しさん
でも黒騎士くんは別に怪人でもなんでも

ないんだよなぁ
てか、今回の資料で疑惑自体吹っ飛んだわ

344: **ヒーローと名無しさん**
ワルモノの定義が判明した以上、普通にしているといい子
自衛隊の人との会話が悲しすぎる
本気で黒騎士くんの過去が気になってきた

345: **ヒーローと名無しさん**
まあ、このスレもこんな落ち着いているのはあと少しだけだろうな
すぐに過激なのが湧いてくる

346: **ヒーローと名無しさん**
今回の騒動で大分印象が変わったよな
礼儀正しいのは、本当に予想外だった

347: **ヒーローと名無しさん**
基本一般人と喋ろうとしないしまともに喋ったの怪人相手か敵認定してたジャスクルぐらいだったから……

348: **ヒーローと名無しさん**
普段がバーサーカー過ぎるんだろ
怪人相手にすんなら基本的にあらゆる手段を使って殴りにいく

349: **ヒーローと名無しさん**
黒騎士くん滅多に一般人と関わらないところあるもんね

350: **ヒーローと名無しさん**
>> 342
だからナマコだって言っているだろ

なんでお前らナメクジって呼ぶんだ
こりゃモツワタが煮えたぎってくるぜ……！

351: **ヒーローと名無しさん**
ナマコ兄貴いい加減しつこい
もっとやって？

352: **ヒーローと名無しさん**
前、マスコミが無理やり止めてインタビューしようとした時はちょっとおかしかったよ、黒騎士くん
相手、めっちゃ美人のインタビュアーさんだったのに、らしくなく慌てた様子で逃げてった

353: **ヒーローと名無しさん**
黒騎士くんって美人に弱い……？

354: **ヒーローと名無しさん**
その話知ってるし、なんなら報道されたよね

なんかわたわたしててかわいかった

355: ヒーローと名無しさん
レッド曰く、黒騎士くんはテレビも見ていないし、パソコンも持っていなかったらしいから芸能人とかそういう方面に疎いんじゃないの？

356: ヒーローと名無しさん
原始人かな？

357: ヒーローと名無しさん
だから脳筋だったのか……！

358: ヒーローと名無しさん
本人ワルモノって自覚しているらしいけど、プロトスーツ盗まれた側が問題にしてないって明かされた時点で犯罪者じゃなくなってんだよな

359: ヒーローと名無しさん
会見した政府の役人、めっちゃ感情移入してた感じだったのが印象的
まあ、黒騎士くん年齢的に子供の部類だからしょうがなかったんだろうけど

360: ヒーローと名無しさん
黒騎士くん個人で異常な武力を身に付けているから、警察の捕縛の対象にはなっていたみたいだよ
でも怪人と戦えるのは黒騎士くんだけだったから、実行はされたけど本気じゃなかったらしい

361: ヒーローと名無しさん
現場も色々大変なんだなぁ

362: ヒーローと名無しさん
一般人じゃなすすべがない怪人を倒せる黒騎士くんを怖がる声があるのは理解できるけど、今回の資料とか録画映像とかを見て印象を変えてくれると嬉しいな

363: ヒーローと名無しさん
アンチは自分の都合の悪いものは見ないゾ

364: ヒーローと名無しさん
過去の戦闘記録は自衛隊員の撮影記録だけど、一か月前の記録はあれだな

ジャスティスクルセイダーと黒騎士くんのマスクのカメラの録画映像なんだな

365: ヒーローと名無しさん
共闘した経緯も黒騎士くんの意思じゃなかったんだっけ？

366: ヒーローと名無しさん
今回も政府の要請って書いてある

前回の戦闘で嫌というほどあの怪人の恐ろしさを知っているから、黒騎士くんを戦わせたんだろうけど……一部の一般人がなぁ

367: ヒーローと名無しさん
怪人戦は再生数稼げちゃうのが毒だわ

368: ヒーローと名無しさん
ああいうのは本格的になんとかしねーと駄目だぞ
勝手に首ツッコんでガチで怪人の犠牲になった奴もいるのに、未だに虎視眈々とやろうとしているのがマジで意味不明

369: ヒーローと名無しさん
なにが最悪って不必要なバッシングを黒騎士くんに向けられることになっちゃったことだよ

370: ヒーローと名無しさん
黒騎士くん本人まったく気にしてなさそうだけどなｗｗｗ

371: ヒーローと名無しさん
黒騎士くんの怪人に対しての煽りスキルが高すぎる

372: ヒーローと名無しさん
怪人と一番多く戦った人間だからな
そりゃ煽りスキルも高くなる

373: ヒーローと名無しさん
ジャスティスクルセイダーって強いんだよな
大衆向けな姿にされてるし、なんならイベントとかに出てるけどそれでも戦闘力自体はそれぞれ高い

374: ヒーローと名無しさん
一年戦ってきたしベテランの貫禄はついてきたし

375: ヒーローと名無しさん
ジャスティスクルセイダーの基本戦術は三人でボコって最後は超兵器で消し炭にするってやつだから、脳筋度でいえば黒騎士くんに劣らないぞ

見た目が可愛くて華やかでさわやかなだけで誤魔化されるけど、十分にやばい集団

376: ヒーローと名無しさん
実際三人で囲って叩けば強いもんな

377: ヒーローと名無しさん
戦術がもう蛮族なんよ

378: ヒーローと名無しさん

イエローの似非関西弁感好き

379: **ヒーローと名無しさん**
パワー全振り型電撃斧使い

380: **ヒーローと名無しさん**
あれキャラづくりのつもりで、本当は普通の喋り方らしいな

かわいい

381: **ヒーローと名無しさん**
公式プロフィール見るに料理上手である時点で安定してる

個性ないけど、個性ある子だよな

382: **ヒーローと名無しさん**
ブルーちゃんのマイペース感もいい

383: **ヒーローと名無しさん**
ブルーのプロフィールの和菓子好きってのがお前キャラ作ってんじゃねぇのかっていいたくなる

384: **ヒーローと名無しさん**
ツムッターの黒騎士くんに推理小説差し入れてた話すこ

385: **ヒーローと名無しさん**
黒騎士くんに目がいきがちだけど、ジャスティス達も個性の塊なんだよな
なんていったって、声が可愛いし

386: **ヒーローと名無しさん**
ねえ!!　レッドは

387: **ヒーローと名無しさん**
あっ

388: **ヒーローと名無しさん**
レッドは生まれる時代が違えば、稀代の人斬りになっていたって言われるほどの剣の達人やぞ？

389: **ヒーローと名無しさん**
海外兄貴姉貴達からはブラッドサムライって呼ばれてるんやぞ

390: **ヒーローと名無しさん**
レッドのスーツが赤い理由を知っているか？　怪人の返り血で赤くなっているからだ

391: **ヒーローと名無しさん**
紅一点（意味深）は格が違う

392: **ヒーローと名無しさん**
レッドちゃんの黒騎士くんへの懐きようはなんだかハラハラする

393: ヒーローと名無しさん
擁護する気ねぇだろ !!

394: ヒーローと名無しさん
不憫枠とバーサーカー枠でポジション確立されてんの笑うわ

395: ヒーローと名無しさん
でもメンタル的な強さはレッドが一番だと思う

396: ヒーローと名無しさん
今回のアース戦はその集大成みたいな戦闘だった
レッドとブラックが攻撃の起点
イエローが電撃で相手の動きを封じて、斧でスタンを取る
ブルーが間髪入れずにエネルギー弾ぶつけて怯ませ、隙を作る
四色戦隊に相応しい戦いだなぁって思った

397: ヒーローと名無しさん
アースもめっちゃ強い怪人なのにほぼなすすべなかったもんな

398: ヒーローと名無しさん
どれだけ否定しても君はもう四色目のブラックだよ黒騎士くん……

399: ヒーローと名無しさん
やっぱ黒騎士くんのスーツって耐熱性とか耐久性とかずば抜けてんのかな？
アースの熱放射とかものともせずに殴りにいってたし

400: ヒーローと名無しさん
温度 3000 度超えてたらしい

401: ヒーローと名無しさん
私がおかしいのか分からないんだけどさ。体温が 3000 度近い怪人に近づいてボコスカ殴れるのっておかしくない？

402: ヒーローと名無しさん
黒騎士くんならなにしてもおかしくない

403: ヒーローと名無しさん
当然のように海面走ってたしフィジカルでなんとかできることならできるだろ

404: ヒーローと名無しさん
黒騎士くんのアース戦まとめ

・作戦開始までアースを一人で足止めして時間を稼ぐ（推定 6 時間）
・ノックバック利用してアースをコンテナに詰めいれる
・脱出を防ぐために自身もコンテナに入

409: ヒーローと名無しさん
あれが怪人じゃなかったら間違いなくR指定なんだけどな

410: ヒーローと名無しさん
あの場面って黒騎士くんぶちぎれてたの、一生懸命戦ったジャスティスクルセイダーに背を向けて逃げたから怒ってたってことなんだな

411: ヒーローと名無しさん
違うぞ
前回の戦いで命をかけて戦った自衛隊の人達のことを考えてキレたんだぞ
当時、関わった人達は溶岩操るやばい怪人を相手に逃げずに立ち向かったのに、当のアースは変な使命感語り出した上に、自分が死にそうになったら逃げ出すクソ野郎になったからな

412: ヒーローと名無しさん
犠牲者も少なからずいたからな……
現場指揮してた方……

413: ヒーローと名無しさん
当事、作戦に参加してた自衛官さんが娘さんと手を繋ぎながら黒騎士くんにお礼言ってくれていたのが胸に刺さった

り、殴り続ける（推定２時間）
・その間、左腕をもぎ取る
・落下させた後、浮上してきたアースにもぎ取った左腕を突き刺す

405: ヒーローと名無しさん
>> 404
続き
・一年半後、突き刺した左腕で弱体化
・黒騎士くんへのトラウマで精神的にも弱体化
・黒騎士くん、ジャスティスクルセイダーとの連携で、アースを殴りまくる
・3000度近い極限空間に入りこみ殴りまくる
・逃げたアースにぶちぎれて海を走る
・核をぶっこぬいて止めを刺す

406: ヒーローと名無しさん
なんなのこの人……（畏怖）

407: ヒーローと名無しさん
やったことがマジで超人じみてる
次の戦いの布石打って、本当にそうなるって……

408: ヒーローと名無しさん
抜き手核ぶっこ抜きが鮮やかすぎるぅ
マジで怪人に対して無慈悲すぎて爽快だわ

誰だって怖くなるわ

419: ヒーローと名無しさん
例えるならラスボス戦を終えた主人公勢と作中で格を一切落とさなかった前作主人公のチームだからな
メンタルに関して言えば一番強い時期だ

420: ヒーローと名無しさん
今朝、公式サイトで黒騎士くんがなんであんなに強いのか判明してたぞ
新情報すぎてまだ広まってないだろうけど

421: ヒーローと名無しさん
確認してこよう

※※※

600: ヒーローと名無しさん
プロトスーツの完全適合者ってなんだよ!?

フルスペックで性能引き出せるから、ジャスティスクルセイダー３人分のパワーがあるって普通にヤバすぎる

601: ヒーローと名無しさん
本格的に代わりがいなくなっちゃった……

414: ヒーローと名無しさん
お願いだから君は過去の黒騎士くんと陸自の連携見てきて

見ろ（豹変）

415: ヒーローと名無しさん
海面走って変な笑い出てたけど、黒騎士くん視点の台詞で滅茶苦茶怒りが伝わってくるのいいよね……

416: ヒーローと名無しさん
「お前と戦った人達は、立ち向かったぞ!!」
「あの人達は、命を懸けてお前と戦った!!」
「なのに、追い詰められたお前は逃げるのか!!」
「ふざけやがってこの腰抜け野郎!!」

感情剥き出しの言葉だから、本心って分かるのがすごい……

417: ヒーローと名無しさん
冷静に考えると地球を司る怪人に潜在的な恐怖を植え付けたんだけどな

418: ヒーローと名無しさん
前の戦いの時点で腕もいで、さらに胸のど真ん中にそれをぶち込んでいるんだぞ

605: **ヒーローと名無しさん**
擬人化不可避で草

606: **ヒーローと名無しさん**
こんな情報回していいのか？

607: **ヒーローと名無しさん**
多分、政府にも確認とっているだろうから、情報を小出しにしているんじゃないか？

黒騎士くんの異常さとか重要性をゆっくり理解してもらうためとか

608: **ヒーローと名無しさん**
とにかくこの情報でまた大荒れするだろうなぁ

人体実験疑惑もなくなり、ガチで天然のスーツ完全適合者とは恐れ入った

602: **ヒーローと名無しさん**
そら大事にするわな

モルモットにするって説もあったけど、モルモットにする以前にそれ以上の最高の装着者が実戦経験積みまくって捕まったんだから、モルモットにする必要性そのものがなくなっちゃった

603: **ヒーローと名無しさん**
あんな時代の先を行くオーパーツになんで完全適合してんの？
てか、開発主任曰く、スーツの性能が無理やり引き出されてるとか、黒騎士くん本当に人間？

604: **ヒーローと名無しさん**
つまり適合者以外には、拒絶反応起こして命吸い取るあぶねースーツが、完全適合者の黒騎士くんには拒絶反応どころか屈服させられて尻尾振るくらいクッソ従順になってるってこと？
その上、無理やり性能引き出させられて悲鳴を上げている？
しかもその悲鳴も嬉しいものかもしれない？

第十話　変わりゆく日常

「オメガはね。そこまで特別な意味を持たないってことは、前にも言ったよね？　カツミ」

誰かが耳元で囁《ささや》く。

いったい……誰だ？　気になるけど、不思議と目を開ける気分になれない。

「私が見つけて、選ぶ。それが君だった」

目を開ける気力がない。

ただ、微睡《まどろ》みと現実の曖昧《あいまい》な境界を行ったり来たりしながら、囁かれる言葉を認識していく。

「別に選ばれた人が強くなるわけじゃないのに……ただ、その人の意思で私の能力を受け付けなくなるだけなのに……」

頭をなにかが包み込む。

「カツミ。私を、守るためなんだよね？　でも、貴方《あなた》と話せないのは……とても寂《さび》しい」

彼女が俺を抱き寄せたと気づいたとき、また彼女は耳元で囁いた。

「私はアルファ。君は、私のオメガ。この短い、ほんの少しだけ許されたこの時間は、私のもの」

意識が深海に沈み込むように落ちる。

深く、暗い海底に背中が着くような感覚と共に俺の意識は引き上げられる。

「ッ!!」

途端に目が覚めた俺がベッドから起き上がると、そこは暗い独房の中であった。

いつのまにか物で溢《あふ》れた独房には見えない、そんなおかしな場所だ。

「アルファ……」

彼女の名を呟《つぶや》く。

彼女の声が聞こえたような気がした。

「俺が、殺した」

彼女は人に仇《あだ》なし、俺が殺した。

「アルファを、あいつを殺した、はずなんだ」

記憶の齟齬《そご》を無理やり納得させ、額を手で押さえる。

「……最近は、あまり悪夢を見なくなったな」

悪夢も見ることが少なくなったし、あまり吐かなくもなった。

これは、いい兆候なのだろうか。

「……寝よ」

大きな欠伸《あくび》をしながら俺はもう一度ベッドに横になり瞳《ひとみ》を閉じる。

惑星怪人アースとの戦闘から約一か月が過ぎた。

その間、世間は色々と大変だったらしい。

アースとの戦いに捕まっているはずの俺が参加していたことで政府に対する追及が殺到したり、ネット界隈《かいわい》も俺のことであることないこと書きまくられているらしい。

そのせいか、俺はパソコンで閲覧できるサイトなどを制限されたりしたが、その分映画を見る時間もできたので個人的にはそれほど不自由はなかった。

「お前らって友達いるの？」

「いるけど……なんで？」

「なら、どうして休日の午前中からこんなところにいるんだよ」

学校が休みのはずなのに、昼間っからここに来ているレッドとブルーに呆《あき》れながらそう言い放つ。

「君が死んでいないかを見にここに来てる。一人にしておくと死んじゃいそうだから」

「俺はウサギかなにかなの……？」

そこまで精神的に虚弱《きょじゃく》に思われてんのかな……。

「そういえばイエローはどうしたんだよ」

「キララならここに来る途中に厨房に寄って、昨日作って冷やしたお菓子持ってくるって」

「あいつ、なんなの……？」

イエローの料理の腕は認めるが、なぜここにお菓子を作りにくる。

妹と弟にでも作ってやればいいものを。

「あ、そうだ！　外出許可出たよ！　聞いた？」

「はあ？　外出許可？」

「うんうんうん！」

すごいこくこくと頷《うなず》くレッドに胡乱《うろん》な目を向ける。

外出許可……ああ、昨日、レイマが言ってたやつか。

「カツミくん、外出できるんだよ！」

「……そっか、いってらっしゃい。土産《みやげ》、頼んだぞ」

「ちーがーうーのー！」

俺は自分が一つも罪を犯していなかった事実に打ちひしがれていたのだ。

ここはジャスティスクルセイダーの本部。すなわちスーツが作られたところだが、彼らに好意的に見られている俺は無罪放免だよなぁ。

それに加えて、あのナメクジ怪人の大停電も実はおとがめなしだとか、最初に変身した時から色々吹っ切れて活動していたのに……。

「どうせ俺は、真っ白白すけの白騎士くんだ……」

しかし、騒ぎを起こしたことに加え、精神的に未《いま》だに不安定と言われたのでまだここにいなければいけないようだ。

まあ、レイマも俺の住んでいたアパートを知っているのだろう。

あのオンボロアパートよりもこっちに住んだ方が、俺としても気持ちが楽だ。

「監視付きだけど外に出られるんだよ？　嬉しくないの？」

「いや、ぶっちゃけここにいる方が楽だし……ここ映画見られるからな」

「おいしいスイーツが食べに行けるんだよ!?」

「スタッフさんが差し入れてくれるし」

「く、ぬぬぬ……！」

するとなにを思ったのかスポーツバッグから雑誌を取り出すレッド。

ぱらぱらとソレをめくった彼女は、なんか菓子らしきものの特集を俺に見せてくる。

「そうだ！　ここ！　お店限定の三色わらび餅！」

「あ、私もそれ食べたい」

レッドの見せた雑誌にブルーも食いつく。

ん？　でもこれって……。

「あ、それもスタッフさんからもらったぞ」

「君、スタッフさんから餌付《えづ》けされてない!?」

「それ1時間待ちの有名店のだよ!?」

マジかよ。

なら後でちゃんとお礼を言っておかないと。

「あ、そうだ。今日は暇つぶしのためのゲームを持って来たんだよ」

「ゲーム？」

「これこれ、じゃーん！」

なにを持って来たのかレッドはスポーツバッグから長方形の物体を取り出し、並べていく。

お、これはもしや噂《うわさ》のテレビゲームか？　と思い期待の眼差《まなざ》しを向けるが、出されたのはテレビゲームなどではなく……。

「将棋《しょうぎ》!?　アナログの極致《きょくち》じゃん!?」

「うん。カツミくん、こういうのが好きかなって」

「いや、一応ルールは分かるけどさぁ。分かるけどさぁ!!　もっとテレビゲームとかそのへんが良かったんだが!?」

「いや、あったとしても持ってくるの大変だし」

……確かにその通りだ。

予想を下回りはしたが暇つぶしとしては十分なものなのでやってみることにした。

椅子に座り将棋セットを見てから、ふとある可能性を考える。

「お前ら、何か企んじゃいないよな？」

「「はい？」」

そう、こいつらは前のクイズ勝負で不正ギリギリのとんでもないことをしてくれたのだ。

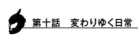

あの後、肉寿司とかいうこの世のものとは思えないほどの美味《おい》しさの飯を食べなければ、こいつらを許さなかったくらいには根に持っている。

「いやいや、しないよ。将棋でどうやってするの？」

「お前達が……」

「私達が？」

「俺に目潰しをする」

「物理!?」

驚きに目を丸くするレッドだが、すぐにいつものように明るい笑みを浮かべる。

「私も将棋は一、二回くらいしかやったことないよ？　今度は純粋に勝負できればいいかなって思って持って来たんだ」

「……ほ、本当に俺を騙《だま》さないか？」

「いや、あの、本当にごめんね？　今回は大丈夫だからやろう？」

軽くトラウマな俺に苦笑しながら手招きするレッド。

本当に正々堂々やるんだよな？

それなら俺も安心して、勝負に挑めるぜ……！

「卑怯《ひきょう》な手を使われなければこっちの勝ちは決まったようなものだぜ!!　覚悟しろレッド！　お前が駒《こま》を握れる日は今日限りだァ!!」

「なんか威勢のいい小型犬を相手してるみたい……」

「おもしれー男……」

威勢を飛ばしつつ、対局開始。

ぱち、ぱち、ぱち、と淀《よど》みなく駒を動かしていきながら静かに時間が過ぎていく。

「そういえばカツミくんは聞いた？」

「ん、なにをだ？」

将棋の駒を持ちながらレッドの声に首を傾《かし》げる。

「あの惑星怪人アースとの戦いの後のこと」

「ああ、俺が黒騎士として参加していることがバレたやつか」

対応については俺はなにもしなくてもいいと言われたので、全部レイマ達に任せっきりではあるが、そういえばどうなっているのだろうか？

「とりあえず世間的には君が戦ったことに色々な意見が出てたみたい」

「ふーん、まあ、そりゃそうだろ」

俺はジャスティスクルセイダーに捕縛されている扱いだから、普通にスーツ着て戦っていたら批判も来るだろう。

「政府は君に出撃するように要請したことを明かして、その上でマグマ怪人……惑星怪人アースが一度目に現れた時の記録を公開したんだ」

「それって結構な騒ぎにならないか？」

「うん。当然なったね」

「めっちゃカツミくんバズってるよ。ほら見て」

傍《そば》で見ていたブルーが手元のスマホ画面を俺に見せてくる。

そこにはニュースの記事のような文字列が並んでいて……。


『黒騎士復活!?』

『ジャスティスクルセイダー4人目のメンバーに!?』


「うぐぁ……」

その見出しの衝撃に手に持っていた将棋の駒を落としそうになる。

「いつの間に四人目のメンバーになってんだよ、俺は……」

「いやぁ、世論だしなぁ。皆がそう思うなら仕方ないよねぇ」

「満更でもねぇ顔すんな」

仕方ないよねぇ、じゃねぇよ。

勝手に追加戦士扱いされてこっちはたまったもんじゃねぇわ。

「でも自分達が知らない間に日本そのものが危機に陥《おちい》っていたって知ると怖いよね」

「うん。時期的に私達が正式にジャスティスクルセイダーになる前だったから、なんとかできるのが君しかいなかったようなものだし」

「……まあ、そうだな」

少なくともあの状況でアースをなんとかできるのは俺しかいなかった。

だけどな……。

「俺だけで倒したわけじゃねぇよ」

俺一人だけじゃアースを倒すのにかなりの被害が出ていたかもしれない。

そうならなかったのは一緒に戦った自衛隊の人達がいてくれたからだ。

「俺と一緒にアースと戦った人達がいた。強化スーツがなくても自分達にできる最大限のことをやって……俺に託《たく》したんだ」

生き残った人もいれば犠牲になった人もいた。

だからこそ、好き勝手やった癖に自分の命惜しさに逃げ出したアースが許せなかった。

「……その記録も公開されてたよ」

「そう、か」

俺なんかじゃない本当のヒーローを知ってくれればそれでいい。

そう考え、微笑《ほほえ》みながら駒を盤面に置く。

「あ、王手」

「え？」

待って、予想だにしない場所から王手が飛んできたんだが？

「おまたせー。お菓子持って来たよ」

将棋を始めてから30分ほど経《た》った頃、部屋に場違いなほど明るい声の少女が入ってくる。

黒寄りの茶髪を三つ編みにさせた彼女、イエローは項垂《うなだ》れたまま反応しない俺を見て首を傾げる。

「って、あれ？　どうしたん？　カツミくん、そんな項垂れて……」

「………」

俺の眼下には将棋の盤面。主要の駒をほぼ全て奪われ、王を丸裸にされた俺は何度目か分からない王手をかけられようとしていた。

「お前の番だ」

「ま、待ったアリにする？」

「情けは無用だ。やってくれ」

「え、えぇと、王手」

レッドが駒を置き、王手を宣言する。

「ぬぐぅ」

逃げ場なし、頼れる配下はほとんどを捕虜《ほりょ》にされる。

「ど、どうする？　カツミくん……？」

マジかよ、こいつナチュラルに強いんだけど!?

初心者なのは疑わない。

だが、意味のない一手が最善手に昇華《しょうか》して、油断していたボディに直撃させてくるんだけど!!

俺、結構こういうゲームとか自信あったんだけど、どういうことだ!?

「お、おおお、俺の、負けです……！」

屈辱《くつじょく》の敗北宣言。

しかし、ここで負けを認めない方がみじめなので大人しく負けを認める。

「あれ。なんだろう、すごいいけない気持ちになってくるんだけど……」

「アカネ、なんか人前で見せちゃいけない顔になってるんやけど、大丈夫？」

普通に負けたが、普通に楽しかったな。

思えば、こういう遊びをしたのは久し……ッ。

「……久しぶりの、はずだ」

一瞬、ぼやけた視界を押さえながら顔を上げる。

ものの見事に追い詰められたな。

さすがは、ジャスティスクルセイダーのリーダーとでもいうべきか……。

「私、ちょうどリバーシ持ってるんだけど、みんなやる？」

「なにがちょうどなのか全く分からないんやけど……」

「やるやるー」

煩《わずら》わしいくらいの、いつもの光景。

いつしか、そんな状況にいることに慣れてきてしまっているわけだが……俺は、ここにいてなにか変わってきているのだろうか。

第十一話　見えざる者の声

今日はなにやらデータを取るために変身しなければならないようだ。

レイマに呼ばれ、地下の演習場へやってきた俺は、彼から渡された『プロトチェンジャー』を腕に取りつける。

二年間共に戦ってきたデバイスの慣れ親しんだ感触に満足しつつ、レイマの声に耳を傾ける。

『さあ、カツミくん。試作装備のデータを取る。チェンジャーは腕に嵌《は》めたかな？』

「もう装備はついているのか？」

『もちろん、抜かりはない。多少の勝手は違うだろうが心配はない。……では、装着してみたまえ』

いつものようにチェンジャーの側面のボタンを連続して三度押す。ジャスティスクルセイダーの変身とはかなりプロセスが異なるらしいが、彼女達は変身の際に認証を二段階行っているらしいので、ああいう感じらしい。

俺のは誰でも変身できるがその分危ないとのこと。

『CHANGE PROTO TYPE ZERO……』

そんなことを考えている間に変身を完了させる。

いつもと変わらないスーツかと思いきや、各部に色々なものが追加されている。

「両腕と両足、それに首元か。なんだかバイクのマフラーみたいだ」

動きにくいしなんかゴテゴテするようになってしまったな。

『それは余剰《よじよう》エネルギーを放熱、推進力にする機構だ』

「余剰エネルギー？」

『君は常に限界を超えたエネルギー出力で敵を粉砕するが、その際に発揮されるエネルギーにはどうしても無駄が生じてしまう。今、君のプロトスーツに取り付けられたそれは、それを最大限に生かすための試作品なのさ』

つまり無駄になるはずだったエネルギーを別のところに使う感じか。

試作品ということは、問題がなければ次のプロトスーツに搭載されるって考えてもいいんだよな？

『プロトスーツは君に完全適合しているが、君のために作られたものではない。常に限界を超えることができる君には、その能力に応じた機能、武器を詰め込むべきだ』

「それがこれか？」

『ああ、間違いなく、君専用の装備になるだろう』

まだ自分のスーツが作られるということに現実味がない。

だけど、自分が置かれている状況に前向きになろうとしている今なら、スーツの変化も受け入れることができるかもしれない。

『まずは動いて確かめてくれ』

「了解」

『危険があれば、即座に分離させる』

いつものように動き出す。

一瞬だけ出力を上げたその瞬間、腕、足、首元に外付けされた機構が発動し、白色のエネルギーが尾のように伸びる。

「おお！」

『うん、成功だな！　さすがだ。では、無理のない程度に動いてくれ！』

その場を飛び出し、加速するままに駆ける。

いつもは一瞬の加速による慣性を利用していたが、これは加速がずっと続いていくような感じだ。

地面を走り、壁を蹴り、天井を走り、あらゆる場所を足場にしながら高速移動を続ける。

「この加速は……！」

ウィィィィン!!　と、鋭い音を鳴らしながら首から伸びる白い尾がマフラーのように揺らめき、加速を促《うなが》す。

『では、軽く仮想エネミーと戦闘してくれ』

スライドした地面から人型のロボットが出現する。

目視と同時に、飛び蹴りを繰り出してから減速せずに次のロボットの首を粉砕し、流れるようにすれ違うエネミー全てを処理する。

出現した仮想エネミーを一瞬で処理したところで、ようやく足を止める。

『計測結果は？』

『仮想エネミー、2・31秒で沈黙。……圧倒的な性能ですよ』

「すっげぇなぁ、これ」

全身に取り付けられた追加パーツが、放熱するかのように煙を吐き出すと、そのままプロトスーツから分離するようにボロボロと地面へと落ちていく。

「え、こ、壊れちゃったぞ!?」

『うむ、心配無用。こちらで分離させただけだ。これ以上は君の動きそのものに耐えられないからな』

「そうなのか……よかった……」

壊したらどうしようかと思ったわ。

しかしこれで試作なのか？　今の時点でも相当やばい性能をしていると思うんだけど。

『プロトスーツに取り付けられたそれは未完成。私が理想とする数値の三割にも満たない。

だからこそ、これから作るスーツは……我々の想像を超える最高傑作《さいこうけっさく》になるだろう』

まだ、俺達が必要になるのだろうか。

正直、俺としてもまだ戦いがあることを予感してしまっているが、それにしてもレイマは急いでいるようにも思える。

『君の戦闘を構想に取り入れたジャスティスクルセイダーの強化装備も並行して作っている。これからに備え、油断せずにこの地球を守っていこう』

レイマの声にスピーカーの奥から他のスタッフさん達の笑い声が聞こえてくるあたり、彼も人望のある大人なのは間違いないようだ。

『それじゃあ、次をお願いしようかな。特撮オタクの大森《おおもり》くん、次の装備を用意したまえ』

『特撮オタクは余計ですからね!?　コホン……では黒騎士くん、次の試作装備を送りますのでお願いします』

「はい、分かりました。……あ、この前の三色わらび餅、ありがとうございました」

『！　いえいえ、喜んでもらえてなによりです』

大森さんにお礼を言いつつ、演習場の壁から出てきた箱からアタッシュケースを取り出す。

台に置き、ボタンを押して開くと煙と共にケースが開き、試作装備が出てくる。

『……お前、いつか駄目な男に貢《みつ》ぎそうだな』

『駄目な人には貢いでいません。これはいつもありがとう的な想いを籠《こ》めて贈っているだけなので』

入れられた武器を取り出す。

手甲《てっこう》？　なんかメリケンサック的なものもついているし、俺の武器なのかな？

「結構、色々あるな。言われた通りに試していくか」

レッドとブルーとイエローのものもあるし、あいつらが学校行っている間に、俺が彼女達の分の新武器のテストをするんだな。

俺もここに世話になっている身だし、力になれることは率先して協力していこう。


試作兵器のテストをした後、俺はレイマに言われ担当医である白川伯阿《しらかわはくあ》のいるメディカルルームを訪れていた。

俺とそう変わらない年頃に見える彼女は、手元の用紙に文字を書き込みながら、いつものように俺に質問を投げかけてくる。

「さあて、かっつん。昨日はよく眠れた？」

「眠れてる」

「ご飯はたくさん食べてる？」

「しっかり食べてる」

「運動はしてる？」

「毎日２時間のトレーニング」

「うん、規則正しい生活を送れているようだね」

同じような内容の質問を毎回する。

それに辟易《へきえき》しながら真面目に答えていくと、彼女はやや安堵《あんど》したように手元のバインダーを机に置く。

「良好良好。精神的にも安定しているし、これなら外出許可も早く出せるんじゃないかな？」

「別に外に出たいってわけじゃないんだが」

「出るべきだと思うよ？　かっつんはちょっと他のことに無頓着《むとんちゃく》すぎる」

無頓着……無頓着なのか？

自分でも自覚していないが、そこまで外に魅力があるかどうか分からない。

もうスーツを着なくていいならそれでいい。

だけど、その後どうするのかだなんて……本当に考えもしていなかった。

「そんなに人と関わることが怖い？」

「そんなことはないが……」

「そうだよね。君が怖いのは自分が関わった人間が酷《ひど》い目《め》にあうことだもんね」

「……っ」

動揺してしまう。

まるで心が見透かされるような感覚に顔を上げると、俺と白川の視線が合う。

「だから、自分の使命が終わった時、死ぬつもりだった」

「！　いや、俺は……」

「それとも別の誰かのために死ぬつもりだった？」

違う、という声が出ない。

どういうことだ。

間違いなく違うはずなのに、肝心の言葉が出てくれない。

「君は自覚しているのかどうか分からないけど……君の心が不安定な理由は過去の影響もあるけど、それだけじゃない」

「…………」

「少なくともオメガと戦った後。あそこまで心が強かった君が自分から命を投げ出そうとするのはおかしい」

オメガと戦った後、俺はすぐにジャスティスクルセイダーと戦ったはずだ。

疲労のあまりその間になにが起こったかはよく覚えていない。

なにも起こっていないはずだ。

俺は、負けて錯乱して自分の押し隠した本心を口にしてしまっただけの、はずなんだ。

「君にとって、衝動的ななにかが後押ししたのかな？」

「分からない。俺にも、覚えてないんだ……」

「……そっか。ごめんね、変なことを聞いてしまって。あー、くそ、本当にごめん。あまり踏み込むんじゃなかった。ようやくいい方向に向かってくれているのに……」

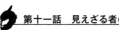

髪をがしがしと乱暴に掻《か》いた白川が気まずそうに謝ってくる。

「いや、お前は悪くねぇよ。だから謝らなくてもいい」

別に謝るほどのことはされていないし、俺も怒ってなんかいない。

ただ、自分のことが少しだけ分からなくなった。

「君の場合、私から偉そうに言えるわけじゃないんだけど……もうちょっと大事なものの幅を広げた方がいいと思うよ？」

「……考えてみる」

「頷《うなず》いてくれるだけでも上々だ。さあ、かっつん。なんか適当にお菓子でもつまんで時間でも潰そうじゃないか」

そう言った白川は、机の引き出しの奥から菓子を取り出そうとする。

「ふふ、ここに隠しておいたとっておきのお菓子があって――」

「失礼する!!」

突然メディカルルームの扉が開き、誰かが入ってくる。

「やっべ……ん？　おや、どうしたんですか？　ここに来るなんて珍しいじゃないですか」

「少し彼に話があってね。……席を外してもらってもいいかな？」

やってきたのは金髪の痩身《そうしん》の男、レイマだ。

俺にケーキのような菓子を渡した白川が退出すると、レイマは先ほど彼女の座っていた椅子に腰を下ろす。

「カツミくん、私は今まで君に隠していたことがある」

「宇宙人だって？」

「いや、それではなくてな。……いいか？　私は、ジャスティスクルセイダーの司令であり、KANEZAKIコーポレーションの社長であり、君と彼女達のスーツを作り上げた開発主任なのだ」

…………。

「ふーん」

「え、怒らないのか？」

意外そうな顔をするレイマに俺は返答する。

「いや、むしろ怒られるのはスーツ盗んだ俺の方だろ。むしろレイマにはよくしてもらっているから、怒る理由はないよ」

「君は純粋すぎる!?」

「レイマ!?」

椅子から転げ落ちたレイマがその場で三回転ほど、床を転がる。

ひとしきり満足したのか、服を整えながら彼は立ちあがる。

「すまない。取り乱した」

「お、おう……」

斬新《ざんしん》な取り乱し方だ。

なんか、レイマも話しかけにくそうにしているし、まずはこっちから話を振っておくか。

「あのさ」

「む、なんだ？」

「新しいスーツを作るって言っただろ？　プロトスーツは、どうなるんだ？　もしかして破棄《はき》とかしちゃうのか？」

俺の質問に一瞬きょとんとした表情を浮かべたレイマ。

すぐに笑みを浮かべた彼は、ゆっくりと首を横に振る。

「そんなことするはずがない。むしろその逆、プロトスーツの核となるエナジーコアは新しいスーツへと受け継がれていくんだ」

「エナジーコア？」

「ジャスティスクルセイダーと君のスーツの中心部と言える部分さ。これがあって初めてスーツは力を持つ」

スーツの中心部か。

なにかしら特殊な素材が使われていると思っていたが、まさかそんなSF映画みたいなものがあったとは……今さらながら驚きだな。

「エナジーコアは、人間の適性でのみ発動する。プロトスーツに使われたコアと君との相性は最高なんてものじゃない。むしろ、プロトスーツのコアでなければ意味がないんだ」

「なるほど……」

「だから、君の心配は杞憂《きゆう》なのさ」

「良かった……」

プロトスーツには愛着があるのでそのコアが新しいスーツにも使われるようで良かった。

「……ようやくカメラの映像は切れた。本題に入ろう」

自身の時計を目にしながらレイマは懐《ふところ》から、なんらかの資料を取り出す。

それを数秒ほど見つめて、大きく深呼吸をした彼は真面目な様子で俺と顔を合わせる。

「カツミくん。今から質問をするが、気分を害さないで聞いてほしい」

「あ、ああ」

なんだろうか改まって。

レイマの真剣な表情に、なにかしらの大事な話だと察した俺は身構える。

彼が最初に見せた資料は、どこかで撮ったであろう写真であった。

「ジャスティスクルセイダーが活動しているその間。君は怪人以外の何かと戦ったはずだ」

「……？　なんのことだ？」

「……やはり忘れさせられているか。さすがだな」

写真に視線を向ける。

そこには、機械の人形のようななにかが粉砕されている。

血液のような青い液体と部品が周囲にまき散らされており、近くには千切《ちぎ》れたコートのようなものと、帽子がある。

「邪悪は地の底から、正義は空から、だ」

「その、言葉は……」

俺があの路地裏で聞いた黒コートの言葉じゃないか。

なぜそれを今？

「黒いコートを着た彼らは、ある存在を探して地球にやってきた。……それを君が倒した」

「……いえ、倒してないぞ？　俺はそのまま無視してその場を去った」

「いや、認めなくてもいいんだ。これは、あくまで確認なんだ」

レイマが俺の両肩に手を置く。

「君がアルファに選ばれたのは知っている」

「……ッ!?」

「だからこそ、君が殺したと知って驚いた。だが他の人間は彼女の名も、その存在も認識することができなかった!!」

あのアンケートで、彼女のことを知ったのか？

いや、口ぶりからしてもっと前から……？

「彼女の生存を確認するためにあのアンケートを公表し、世間の反応を見た。彼女は間違いなく生存し、どこかにいる」

その言葉で視界が曇《くも》り頭に僅《わず》かに鈍痛が走る。

くっ、なんだ？　駄目だ、思い出すな……！

「……ッ、アルファは俺が倒した。それ以上でもそれ以下でもない。俺が、彼女を……」

「ああ、君の行動は何一つ間違ってはいない！　その認識のままでいい！　だが、ここにいるのならば、これだけは聞かせてくれ！　アルファ！」

レイマの視線は俺には向いてはいなかった。

周りを見渡し、ここにはいないはずの何者かを探しているようだった。

「いつ空から奴らは来る!?　私は間に合うのか!?　この地球を破滅の運命から救うことができるのか!?」


「分かった」

「教えるから」

「彼から、手を放して」


「社長、そろそろ部屋に戻ってもいいかなって……ええ……」

どうやら白川が戻ってきたようだ。

俺と談笑していたレイマは、彼女に気付くと笑みを零《こぼ》しながら振り返る。

「ああ、おかえり白川くん。どうだい？　今、カツミくんと映画談議に花を咲かせていたわけだが、君もどうかな？」

「別に構わないんですけど……なんか大事な話でもしていたんじゃないんですか？」

「この話こそが大事な話だよ」

ドヤ顔のレイマにげんなりとした顔になる白川。

彼女は今度は俺の方を向く。

「かっつん、本当にそうなの？」

「ああ、ここに来てからスーツの話と、映画の話をしていたくらいだぞ」

「……本当みたいだね」

なにを疑っていたのだろうか。

事実その通りなんだが？

軽く首を傾《かし》げると、ふとレイマが椅子から立ち上がる。

「レイマ、もう行くのか？」

「ああ、君達との会話は有意義だった。私もそろそろ仕事に戻らねばならないからな。後は頼むぞ、Dr.白川ッ！」

「さっさと出ていけ、変態野郎」

「なんでそんな酷《ひど》いこと言うの……？」

落ち込みながら退室していくレイマ。

彼を見送ると、目の前に座った白川が訝《いぶか》し気《げ》に俺を見てくる。

「どうした？」

「大丈夫？　なんかさっきとはちょっと様子が違うように見えるけど」

「？　いや、なにが？　俺は全然平気だぞ」

「……そう、かっつんがそう言うのならいいんだけど」

何か言いたげな様子の白川。

彼女が何を心配しているのか分からないが、レイマはなにもおかしなことはしていないはずだ。

まあ、映画談議についてはもう少ししていたかったけどな。

第十二話　本物か偽物か

基本的な俺の一日のサイクルは決まっている。

午前中は運動、勉強、そして午後には結構な確率でやってくるレッド達の襲撃を受けたりしてるというものだ。

その合間の時間に俺はレイマやスタッフの皆さんに勧められた映画や海外ドラマを見ているのだが……今日ばかりは少し違っていた。

「なあ、白川《しらかわ》」

「んー？」

「なんでお前ここにいるんだよ」

なぜか俺の担当医である白川がここにいるのだ。

俺から一人分の間隔を空けてソファーに座った彼女は、その白い髪を後ろに一纏《ひとまと》めにくくりながら独房に備え付けられたプレイヤーを起動させようとしている。

「そりゃあ、暇だからに決まっているじゃないか」

「えぇ……」

「私のするべきことは社員の精神的なケア……なんだけど、この時間帯は皆働いていてね。暇だから来てしまったのだ」

「帰れ。クビにされるぞ」

「なにかあっても君のメンタルケアをしていたで説明がつくよ。ねー、ちゃんとお菓子持って来たんだからいいじゃないかー」

お菓子で俺を釣れると思うなよ？

それにこの独房には既にスタッフさんからご厚意《こうい》でいただいてる菓子がある。

「しかし、君も愛されてるねぇ」

「なんでだ？」

なにやらスマホを手にとり何かを見ていた白川が楽しそうに話しかけてくる。

愛されているとは？

「ツムッターと呼ばれるアプリさ。彼女達が呟《つぶや》くのは君のことばかりだ。ほら」

見せられたスマホの画面には変身したレッドの画像と、その隣に短い文面が載せられている。


『今日も黒騎士くん、元気でした！』

…………。

「え、なにこれどういう意味？」

「んー、まあ簡単に言うと、君が健在だってことを世界的に知らされたってこと」

「なにやってんのあいつ⁉」

確かに元気だがそんなくだらねぇこと知らせる必要なくないか⁉

「あと、こっちがキララのやつ」

『勉強教えるはずが逆に教えられてびっくりしたわぁ。私も頑張らなきゃ』

イエローには確かに勉強を教えた記憶がある。

いや、これくらいなら普通だな。なんだかんだいってあいつが一番安心感があって助かるわ。

しかし一番怖いのはブルーだ。

「ぶ、ブルーはなに書いてやがるんだ……？」

白川が見せた画面を恐る恐る見る。

同じく変身したブルーの画像がある欄《らん》に記された文字は……。

『今日も黒騎士くんは犬っぽかった。かわいい』

……………。

「あいつ普段俺を犬みてぇだって思ってんのか!?」

失礼にもほどがあるだろ……!!

しかも添付された画像も犬ってどういうことだ!?

「悪い意味じゃないと思うよ。確かにかっつんは画像の犬っぽい雰囲気あるし。これってシベリアンハスキーって言うんだよね？」

「後で問い詰めてやる……!!」

とりあえず落ち着こう。

犬扱いは納得いかんが添付された犬の写真に罪はない。

深呼吸をして落ち着きを取り戻した俺は、軽くため息をつく。

「俺の観察日記かよ……」

「まあ、一般人が求めているものだから。ある意味彼女達のおかげで一定の情報が提供されているんだろうね」

俺のことを知ってなにが面白いんだか。

「……まあ、いいか」

「おや、いいのかな？」

「お前の言った通り、これはジャスティスクルセイダーとしての情報提供らしいからな。レイマに推奨《すいしょう》されているなら、あいつらはそれに従わなきゃならないだろ。俺も、そこまで目くじら立てて怒ることでもねぇだろ」

犬扱いには物申すつもりではあるが。

「……鈍いなぁ。まあ、君の場合しょうがないところもあるんだろうけど」

しかし、ツムッターとやらはそこまで楽しいものなのか？

俺はスマホなんてものは持ったこともないし、ツムッターのこともほとんど何も知らないわけだが。

「それより、なにか映画でも見るのかい？　私は君の生活サイクルを知っているから、この時間に遊びに来たわけなんだけど」

「確信犯かよ……」

ため息をつきながら、どれを見ようか選んでみる。

昨日、レイマとスタッフさんから渡されたのは三本の映画だ。

「アクション、ＳＦ、恋愛。どれがいい？」

「私、実はそんな映画とか見ないんだ」

それは俺も同じなんだが。

でも意外だな。白川は休日に映画とか好んで見ていそうな性格しているんだが。

「恋愛は省《はぶ》いてもいいよ。変な空気になるのも嫌だし、そもそも恋愛とかよく分からないからね」

「スタッフさんに滅茶苦茶おすすめされたやつなんだけど……まあ、そう言うなら仕方ないか」

「もしかして、スタッフの中にかっつんを邪《よこしま》な目で見てる人いない？」

「散々迷惑をかけた俺に親切にしてくれるような人達だぞ。絶対にそんなことはありえねぇ」

「うーん、君におすすめしたスタッフにその台詞《せりふ》を聞かせて良心の呵責《かしゃく》を覚えさせたい」

渡されるときにちょっと挙動不審気味だったけれど。

あれは俺が黒騎士だったから話すのにまだ慣れてなかったからだろうな。

「昨日はアクション系見たからSFでいいか？」

「うん。私も暇をつぶせればなんでもいいし」

元も子もねぇこと言うなよ。

さらりとドライなことを口にする白川に軽くため息をつきながら貸してもらったディスクを再生する。

「それじゃ、私は隣っと」

飲み物を持った白川が俺の座るソファーの隣に腰掛けて画面を見る。

俺も特になにも考えずにこれから始まる映画に意識を集中させる。

再生されたSF映画は俺が想像していたものとは少し違って多少のアクション要素のある人間ドラマって感じだった。

『お前は人間なんかじゃない』

『ガラクタとオイルで作られた機械だ』

『最初から生きてなんかいないんだよ』

人間によって作り出された自分を人間だと思っているアンドロイドが、アンドロイド嫌いの主人公と共に自身の存在意義と向き合っていくもの。

生身の肉体があるから人間なのか、心があるから人間なのか。

作られた命であるが故《ゆえ》の苦悩と葛藤《かっとう》を抱きながら自分自身を見つけていく、そんな物語に俺は少しずつ感情移入していく。

『ならば』

『私は人間です』

『定められたからではない』

『私がそう在《あ》りたいと望んだから』

人間かそうじゃないか。

最初は誰かに存在を認めてもらおうとしていたアンドロイドは物語を経《へ》て、自分自身を受け入れ、それでも人間として在ろうとする。

そんなアンドロイドと行動を共にしてきた主人公もその在り方を認め、対等な友人と認める。

ここに至るまでのモヤモヤがどうでもよくなるほどの打ち震えるような展開に、かなりの満足感を抱いた俺は、ふと隣にいる白川を見る。

「……白川、お前泣いてるのか？」

「え？」

自分でも意識してなかったのか白川が涙にぬれた頬《ほお》に手を当てる。

「え、あ、いや、思ったよりもいい映画だったから感極まっちゃったよ。はは……」

「大丈夫か？」

「うん……気にしないで」

あまり触れないでやるか。

さすがにそこらへんの配慮はできる。

「あのさ、かっつん」

「ん？」

映画が終わり、エンドロールが流れると不意に白川が声をかけてくる。

「もしさ、自分が偽物で、本物の自分が別にいるとしたら……かっつんはどう思う？」

「どうした、いきなり」

「映画の話だよ。人間かそうじゃないか。偽物が自分を本物と思ったらさ……果たしてそれは本物になるのかなって話」

そこまで行くと哲学とかその方面の話になるんじゃねぇかな。

だけどまあ、白川は専門的な返答はあまり望んでなさそうだ。

「この映画の最後と同じだよ。重要なのは自分だろ」

「自分……？」

「別に偽物が本物になる必要はない。大事なのは自分自身を肯定してやれるかどうかだろ」

他人にとやかく言われて曲げるようなものだったらそれまでのことだったってことだ。

だけどな……。

「いつまでも自分の存在を疑っちまったら、誰がテメェ自身を認めてやれるんだよ」

まず最初に自分が認めてやれなくちゃどうしようもない。

少なくとも俺はこの映画を見てそう感じた。

「もし、本物のかっつんがいて、今ここにいるかっつんが偽物だったら……君はどう思う？」

「別に、本物の俺がいたとしても、今の俺の立場にとって代わろうだなんてバカなこと考えないだろ」

「は、はは。確かにそうだね」

俺の立場なんて誰もやりたくないだろうな。

俺自身、客観的に見てもやりてぇとは思わねぇし、もし逆に俺の偽物が俺になりたいだなんて馬鹿げたことを口にしたら全力で阻止するだろうな。

「なあ。もしかしてこれ、メンタルチェックの一環かなにかか？」

「いいや、そんなつもりはないよ。ただ……」

そこまで口にして白川は黙ってしまう。

どこか言いよどむように、思い悩んだ表情をした彼女は意を決した様子でこちらを見る。

「……私には姉がいるらしいんだ」

「突然すぎるだろ」

今までの会話の流れぶっちぎったな。

しかもいるらしいってなんだよ。

「義理の姉みたいなものだけどね。でも……ものすごく、出来が良すぎた姉らしい」

「お前も俺達と同年代で医者やってんだから、十分にすごいと思うんだが」

「私、年齢誤魔化《ごまか》してるよ」

「え？」

「これ、秘密にしておいてね」

人懐っこい笑みを浮かべた彼女は口元に人差し指を当てる。

まさか年齢を誤魔化しているってことは、この幼い見た目で俺達よりも年上ってことなのかよ……。

「それで、私は姉とは全然見た目も違うし、姉と比べれば持ってる能力も劣化に劣化を重ねたもの……なんだ。だから、親にはがっかりされちゃって」

「……。あまり、姉と顔を会わせたこともないのか……？」

「……ふふ、生まれてこのかた顔を会わせたこともないよ。今も見つけられていないし、多分私からじゃ顔を会わせることもできないんじゃない？」

複雑な家庭環境すぎるだろ。

「それは、なんというか……」

「気遣わなくてもいいよ。あっちも私の存在なんて知らないし、その方がいい。家族にも色々な形があるんだ」

「そう、だな。その通りだ」

思えば、白川のことはあまりよく知らないな。

初対面の時から、いきなりかっつん呼びをする無礼な奴ではあったが、なんだかんだで世話になっている身だ。

せめて話し相手になれればいいが……。

「私は姉には会ったこともないし、顔も見てない。会おうと思ったことはあるけど、結局願いは叶わなかったよ」

「会えると、いいな」

「そうかな？　もし会ったら、何をするか分からないかもしれないよ？」

「お前は、そんなことしないだろ」

俺の言葉に、どういうことか白川は笑う。

嘲《あざけ》りとかそういうものではなく、彼女は涙を浮かべながら無邪気に笑っていた。

「あ、あははっ！　あぁ、もう、なんでこんなに喋《しゃべ》っちゃうんだろうなぁ。この映画のせいかな？　あぁ、おかしいなぁ……」

「白川……？」

瞳《ひとみ》に浮かんだ涙を拭《ぬぐ》い、ひとしきり笑った白川は脱力するようにソファーに背を預ける。

「知ってるかな？　私、君がここに捕まった時と同じくらいのタイミングでここに入ったんだ」

「え、そうなのか？　てっきりずっと前からいたもんだと思ってた」

「思ったよりも新顔なんだよー、私」

にしてはレッド達も親しそうな様子だったな。

初対面からあだ名で呼んでくるあたり、俺とは違って人との距離の詰め方が巧《うま》いのだろう。

するると、流れていたエンドロールも終わり画面が暗転する。

「終わったようだね。……感動したけれど少しだけ怖い映画だった。本物と偽物、どちらが正しいのかを考えさせられたよ」

「戻るのか？」

「ああ、少し休憩しすぎた。怒られる前に戻るよ」

立ち上がった白川が扉へと向かっていく。

「正直、ここに入ってどうなるかと思っていた。私には生きる目的もなにもなかったわけだしね」

「白川……」

「そんな顔をしないでよ、かっつん。私はね、君のことは気に入っているんだ。君と一緒

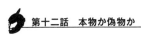

にいる子と同じでね」

レッド達のことか？　なんか意味深だな。

思わず首を傾《かし》げてしまうと、そのまま笑みを零《こぼ》した白川は、独房から出ていく。

「自分自身を認める、か」

白川へと口にした言葉を呟く。

ここに来てから色々なことがあった。

「そろそろ俺も前に進むべき、なのかもしれねぇな」

ジャスティスクルセイダーの一員になる、というわけではない。

ただこんな俺にお節介を焼くようなあいつらに、少しは心を開いてもいいかもしれない。

「外出申請、出してみるかぁ」

面倒くさい反応が返ってきそうだが、それでも最初の一歩としては十分すぎるだろう。

801: **ヒーローと名無しさん**
いつも黒騎士くんの話題ばっかりだし、たまにはジャスティスクルセイダーについて語ろうぜ

802: **ヒーローと名無しさん**
じゃあ、黒騎士くんの登場シーンでインパクト高かったのって「フンッ！　ハァッ!!　ジャスティスクルセイダー！　なぜ戦わない!!」っていう奇跡のニアミス台詞でいいかな？

803: **ヒーローと名無しさん**
初邂逅時にジャスティスクルセイダーの決めポーズ見た黒騎士くんに「え、なに、お前らそれ恥ずかしくないの……？」って素で引かれるやつを忘れちゃいけないゾ

804: **ヒーローと名無しさん**
後方追加戦士面でレッド達の戦いを見守ってたエピソード好き

今になって本人の性格を考えると、心配で見守っていたんだろうなぁって想像できるのもいい

805: **ヒーローと名無しさん**
当時はバッシングとかあったね
黒騎士くんの流行に乗っかったコスプレ集団って言われたし

見た目からして黒騎士くんのスーツと似通ってたから無理もないわ

806: **ヒーローと名無しさん**
実際は、黒騎士くんのスーツの次世代型
一つの力を３人で分けて危険を減らした上で、運用できるようにしたやつ

807: **ヒーローと名無しさん**
３人とも女の子だったのが驚いた

808: **ヒーローと名無しさん**
話題性抜群ではあったな
実際に活動すると、普通に怪人を倒せるくらいにバカ強いし

809: **ヒーローと名無しさん**
今もそうだけど、広告塔としても優秀
でも中の子達を出さないのはちょっとなぁって思ってた

810: **ヒーローと名無しさん**
正体バレなんかしたらやばすぎだろ
麻痺しているけど、ジャスティスクルセイダーの中身はアイドルでも芸能人でもない
命を懸けて私達を守っているヒーローなんだぞ

811: **ヒーローと名無しさん**
CM には出てたけどね
存在を認知してもらうって目的もあったんだろうけど

812: **ヒーローと名無しさん**
仮に正体バレしてもスーツなしの戦闘力も高いだろ
そうじゃなきゃヒーローやってられん

813: **ヒーローと名無しさん**
現代の剣豪レッド
剛力剣闘士イエロー
精密機械ブルー

これでもまだ可愛い異名なのが面白すぎる

814: **ヒーローと名無しさん**
女の子につける異名じゃないwww

815: **ヒーローと名無しさん**
人間をぬいぐるみに変えるっていう怪人パペットが出た時、マジギレしたレッドが剣を引き抜いたら戦闘員含めて怪人が八つ裂きにされたからな。レッド自身も半分くらいぬいぐるみ化してたけど、それでも始末しにいってたわ
そのせいでバーサーカーレッドって呼ばれたり、その界隈で人気になったりしたけど

816: **ヒーローと名無しさん**
レッド「……」ザクザクザク !!

パペット「……」瀕死

817: **ヒーローと名無しさん**
ぬいぐるみ怪人なのに血も出るからレッドのスーツが赤く染まっていくんだよね……

818: **ヒーローと名無しさん**
怖いけど、あの怒りも当然のものだぞ
あのぬいぐるみ怪人、もっぱら幼稚園とか小学校とか狙ってたからな

奴が暴れた後は、傷だらけのぬいぐるみだけが残っているっていう胸糞っぷり

819: **ヒーローと名無しさん**
正直よくやってくれたと思ったよ

あの胸糞悪いぬいぐるみ怪人の言動も人の神経逆なでするような奴だったし

820: **ヒーローと名無しさん**
優しい子なんだけどなぁ
戦法上辻斬りが基本だから、怖い部分もある

821: **ヒーローと名無しさん**
大体初見殺しな怪人サイドに問題があると思うんですが

822: **ヒーローと名無しさん**
イエローも相当
光食怪人グリッターの時とか

823: **ヒーローと名無しさん**
ああ、ガチで全部真っ暗になったアレか
日本もとうとう終わりかって思ってたわ……

824: **ヒーローと名無しさん**
あいつアホだわ
最初、追加ヒーロー名乗って近づいてきたんだぞ
黒騎士くんに

825: **ヒーローと名無しさん**
草

826: **ヒーローと名無しさん**
おバカさんかな？

827: **ヒーローと名無しさん**
うっかりなら運が悪すぎる……ｗｗｗ

828: **ヒーローと名無しさん**
よりにもよって怪人ジェノサイダー黒騎士くんに行くあたりアホなんだよなぁ

829: **ヒーローと名無しさん**
まあ、予定調和の如く黒騎士くんにボコボコにされて逃げたグリッターは、今度は正しくレッド達に近づいた

しかも人間態のイケメン姿で

830: **ヒーローと名無しさん**
それは許されないわ

831: **ヒーローと名無しさん**
基本、黒騎士くんにしか親身な反応を示さないレッド達は騙されなかったけどな
本性表す前に、全力攻撃で瀕死の重傷を負わせたのは笑ったけど……問題はその後だった

832: **ヒーローと名無しさん**
日本から昼間が消えるとか誰も想像できんわ
光食って再生とかマジでクソ怪人

833: **ヒーローと名無しさん**
おまけにイエローはマスクに映る光と一緒に両目の視力も奪われたからな

834: **ヒーローと名無しさん**
え、マジで!?

真っ暗だから分からなかったけどそんなことになってたの!?

835: **ヒーローと名無しさん**
あれは酷い事件だったね……

836: **ヒーローと名無しさん**
グリッターは視覚以外で相手の場所を察知する能力があったから、基本光さえ奪えばあらゆる敵に有利に戦えるやばい奴だった

イエローの視力を奪って調子に乗るグリッター
最初に瀕死にされた恨みを晴らそうとしたのか、イエローの家族を殺す宣言

イエローの中の何かが切れる音

次の瞬間、グリッターの首は胴体から離れ離れになってた

837: **ヒーローと名無しさん**
どゆこと？

838: **ヒーローと名無しさん**
イエロー「オラァ!!　どこにおるんや、おどれコラァ!!　クソァ見えん!!」ブンブンブン
グリッター「……」瀕死

839: **ヒーローと名無しさん**
幹部怪人名乗ってた割にはあっさり死んだけど、その後光が戻ったのは良かった

840: **ヒーローと名無しさん**
その前までタンク呼ばわりされてたイエローも見事パワーゴリラになった
もしくは仁侠イエロー

841: **ヒーローと名無しさん**
イエローはプッツンすると周り見えなくなるタイプ

842: **ヒーローと名無しさん**
流れ的にブルーのも挙げるか

843: **ヒーローと名無しさん**
ブルーのもあんの？

844: **ヒーローと名無しさん**
平等怪人バラサンって奴の話

845: **ヒーローと名無しさん**
たしか範囲内の人間を閉じ込めて、その全員の力を均一化するって奴だな
それってレッドとイエローと分断されて、一般人と一緒にブルーがショッピングモールに閉じ込められたやつじゃん

もしかして当事者？

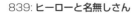

846: **ヒーローと名無しさん**
あれ、関係者が頑なに話したがらないけど大丈夫なのか……

847: **ヒーローと名無しさん**
当事者

モールに買い物に行ってたら能力に巻き込まれてブルーの近くで見てた

なんか身体が重くなってびっくりしたけど、あれ子供とか赤ん坊の能力とかも込みで平均化されるらしいから、マジでやばい怪人だった
バラサンは影響受けないし

848: **ヒーローと名無しさん**
例に漏れずのクソ怪人だわ
勝ったのは分かるけど、どうやって？

849: **ヒーローと名無しさん**
変身した状態でもブルーの力は影響を受けていたらしいから、ブルーはおもむろにホームセンターで素材かき集めてランボー真っ青な殺意マシマシのトラップ作った

850: **ヒーローと名無しさん**
は？

851: **ヒーローと名無しさん**
マジ？

852: **ヒーローと名無しさん**
閉じ込められた人達の手も借りてえぐい罠作って、バラサンを放送で誘き寄せる

んで、誘導とか煽りをいれて次々と罠にかからせ、戦闘不能になって能力を解いたところでエネルギー弾で止めをさしてた

853: **ヒーローと名無しさん**
こ、工作女子かぁ（震え声）

854: **ヒーローと名無しさん**
なんで推定女子高生がトラップ戦法で怪人手玉にとっているの……？

855: **ヒーローと名無しさん**
当時、唖然としながら聞いてみた

Q、どうしてこんなものが作れるんですか？
ブルー「ファミリー映画で見た」
バラサン「……」（瀕死）

856: **ヒーローと名無しさん**
ファミリー映画の定義が壊れる

857: **ヒーローと名無しさん**
でも安易にホラー映画って言わないあたりガチっぽいｗｗｗ

858: **ヒーローと名無しさん**
ふだんどんな映画見てんだよブルー

859: **ヒーローと名無しさん**
知れば知るほど黒騎士くんと同類だよなぁ

860: **ヒーローと名無しさん**
怪人サイドからすれば三対一って結構不利らしいから避けようとはしていたな

861: **ヒーローと名無しさん**
分断用の怪人とか用意するガチっぷり

862: **ヒーローと名無しさん**
実際、三対一は卑怯って言った怪人もいたし

863: **ヒーローと名無しさん**
ジャスティスクルセイダーの場合、パワー３分割してるからむしろ出力的に不利なはずなんだよなぁ

864: **ヒーローと名無しさん**
なお、黒騎士くんも文字通りのスペックで怪人を撲殺しまくっていた模様

865: **ヒーローと名無しさん**
分割されていない一つの力をフルスペックで扱ってくるやべー奴と比較すんなｗｗｗ

866: **ヒーローと名無しさん**
黒騎士くん中身も聖人疑惑が出てるし、この先彼がどうなるか気になりすぎる

867: **ヒーローと名無しさん**
疑惑じゃないゾ

868: **ヒーローと名無しさん**
自由と平和のために戦ってんだよなぁ

869: **ヒーローと名無しさん**
プロトスーツ「そう、私と一緒にね」

870: **ヒーローと名無しさん**
即堕ちプロトスーツちゃん!?

871: **ヒーローと名無しさん**
公表数日で擬人化イラスト化されたプロトスーツちゃん!?

872: **ヒーローと名無しさん**
おう早く黒騎士くんに装着されるんだよ

873: **ヒーローと名無しさん**
なお他の奴が装着するとガチで命削られ

る模様

874: **ヒーローと名無しさん**
黒騎士くんには屈服してんだよなぁ……

875: **ヒーローと名無しさん**
現在進行形で大量にイラスト化されてんの酷すぎる

876: **ヒーローと名無しさん**
やっぱみんな求めるもんは同じなんやろうなって

877: **ヒーローと名無しさん**
ジャスティスクルセイダーの公式サイトの管理人ってノリがいいよな

司令でもあるし、開発主任でもあるらしいし、すごい人だ

878: **ヒーローと名無しさん**
この２年の疑問への答えが出たのに、その後が酷すぎる

まさか黒騎士くんもプロトスーツが擬人化されてるなんて夢にも思わんだろ

879: **ヒーローと名無しさん**
>> 877
分かる

なんか文章が面白い
どこことないネタキャラ感がある

880: **ヒーローと名無しさん**
まさか当時はレッド達のプロフィールが公開されるとは思わんかった

881: **ヒーローと名無しさん**
ファッション宇宙人の管理人だろ

882: **ヒーローと名無しさん**
天才とバカは紙一重の擬人化って呼ばれてんの面白い

883: **ヒーローと名無しさん**
なお、黒騎士くんと仲がいい
映画貸し借りするくらいに仲がいい

884: **ヒーローと名無しさん**
レッド達が嫉妬したエピソードがなぁｗｗｗ

885: **ヒーローと名無しさん**
あの時だけレッドの文面がヤンデレみたいになってて分かりやすかった

886: **ヒーローと名無しさん**
レッド怪文書引用

なんで、どうして？

黒騎士くん
なんで指令の名前を呼んで私のは呼んでくれないの？

887: **ヒーローと名無しさん**
スーツだけじゃなく指令にも先越されてるのかわいそう

888: **ヒーローと名無しさん**
かわいそうはかわいい

889: **ヒーローと名無しさん**
黒騎士くん的にはライバルを名前で呼びたくないっていう考えがあるっぽいね

890: **ヒーローと名無しさん**
変に馴れあおうとしないの警戒心の強い大型犬っぽい

かわいい

891: **ヒーローと名無しさん**
シベリアンハスキーイメージってブルーとかに明言されちゃってるから余計にな

892: **ヒーローと名無しさん**
なんだかんだで仲良くやっているのは和む

893: **ヒーローと名無しさん**
ジャスティスクルセイダーも戦い続きだったから普通に生活してほしい

894: **ヒーローと名無しさん**
怪人はもう全部倒しただろうから心配いらんだろ（フラグ）

895: **ヒーローと名無しさん**
いつか黒騎士くんの普段の様子とか出してくれへんかな
スーツ姿でもいいし

896: **ヒーローと名無しさん**
黒騎士くん Vtuber デビュー!?

897: **ヒーローと名無しさん**
それ多方面が大騒ぎするやつや……

898: **ヒーローと名無しさん**
公式広報 V の蒼花ナオがいるからワンチャンある

第十三話　受け入れ、変わりゆくもの

結局俺はレイマに外出申請を出し、正式な手順を踏んで一時的に独房から出ることになった。

自分でも結構な勇気を出した決断にレッドもかなり驚いていた。

「え、カツミくん、外出許可に応じてくれるの!?」

「声がでかい。……あー、まあ、白川《しらかわ》に言われてな。俺も外に出るべきだなって……考え直した」

正直、気乗りはしなかった。

だが、そろそろ俺も自分の過去と折り合いをつけて前を向いていかなければならないからな。

「こ、こりゃ一大事だよ！　急いでキララとアオイに伝えなくちゃ！」

「んな大袈裟《おおげさ》な……ただ外に出るだけだろ」

「一大事だよ！　怪人が出た時以上に一大事なの!!」

「お前、それ悪口だからな？」

もう赤ん坊が初めて歩いたくらいの勢いでイエローとブルーに連絡を取ろうとするレッド。

「……あ」

そこで自分が自然と笑みを浮かべていることに気付き、思わず頬《ほお》に手を当てる。

楽しみ、だと思ったのか？　自分でもよく分からない。

そして、外出の許可が出た日。

俺はジャスティスクルセイダーの三人に連れられ本部の外へと出ていた。

レイマの許可が出るのは分かっていたが、政府からもすんなり許されるとは思いもしていなかった。

事実上俺は犯罪者ではなくなってしまったが、個人としての脅威《きょうい》は見過ごせないはずだ。

……まあ、俺が深く考えても意味がないか。

「おい、お前ら」

「「「…………」」」

前をレッドが歩き、後ろにはブルーとイエローが二人並んで歩いている。

俺を三角形にするように囲む彼女達に、周りの怪《あや》しむような視線が集まっている。

…………。

「ちょっとお前ら、そこの路地裏」

「え、どうしたの？」

「なにかあったん？」

「うん？」

恥ずかしさのあまりにパーカーのフードを被った俺は、とりあえず近くの路地裏に移動した後に、先ほどからずっと思っていたことを口にする。

「護衛対象かッ!!」

三人で囲むとか意味分からんって！

多少、常識に疎《うと》い俺でも分かるよ!?

だって悪目立ちしてるもん!!

「逆に目立つからやめろよ！　そういうの!!　別に逃げないって!!」

「い、いやぁ、だって何があるか分からないし……も、もし怪人が現れたら？　君、チェンジャー持ってないし」

「まさかのお前らも普通に遊んでなかった疑惑……!?」

そういえばこいつらも怪人との戦いの時も忙しかったし、俺が捕まった後も俺のところに入《い》り浸《びた》りだったから、こいつらほとんど……！

「かわいそう……！」

「なんでだろう。こういう形で同情されると納得いかないんやけど」

「私達の青春を君に投資したんだよ？」

ブルーがめっちゃ重いことを言っている……。

彼女の言葉を聞き流しつつ、俺は照れくさい気持ちになりながら頬を掻《か》く。

「あー、お前ら見張るのはいいけど、今日はそういうの忘れてくれよ。怪人は……いないんだからな」

そう、もう怪人はいないのだ。

そう自分に言い聞かせた俺は、自分の腕に『プロトチェンジャー』がないことを確認する。

黒騎士としての俺は、必要ない。

今日は普通の一般人として過ごしたっていいじゃないか。

「……遊ぶなら遊ぼうぜ。俺、そういうどこかに行くの久しぶりだから教えてくれよ」

ぎこちなく笑いながらそう言うとレッド達は顔を見合わせ、満面の笑みを浮かべた。

「「「うん！」」」

あまり外で遊ぶということはしてこなかった。

少なくとも七歳以降は、誰かと遊ぼうだなんて気分には絶対にならなかった。

俺を引き取った親戚と名乗った人達は、俺を徹底的に邪魔者扱いしていたから、遊ぶおこづかいも、玩具《おもちゃ》もなにも与えられていなかった。

『愛想のない子。気持ち悪いわ』

『表には出さないようにしろよ』

自分の子供達に近づけさせないようにし、中学生になると追い出すように一人暮らしをさせた。
俺としてもその方が気が楽だった。
遺産もなにもかも奪われても、ろくな食事を与えられないとしても、それでも一人の方がよかったんだ。

『助　け　て　カツミ』
『苦　し　い……』

もう家族なんてごめんだった。

『な　ん　で、助　け　が　こ　な　い　の……』
『もう　駄目　だ　が、あ……』

家族なんていらなかった。

『見　て　な　い　で　助　け　な　さ　い　よ!!』
『お前　だ　け　が、クソ、げほっ、がぁ!!!』

救出される直前にこと切れた両親は、その死の間際まで自身の死に恐怖し、錯乱し生きている俺に怨嗟《えんさ》の言葉を吐き続けた。

目と鼻の先だった。

ベルトとシートに身体《からだ》を挟まれ、微塵《みじん》も身動きができない俺の、小さな手が届きそうな位置に、父さんと母さんがいたんだ。

たとえ、目を背けたとしてもその息遣いが、声が、吐き出される血の飛沫《しぶき》が、いやというほど現実を叩きつけてきた。

眠ることを許してくれなかった。

愛されてはいたのだろう。

だが、そんなものは死の間際になればどこまでも薄っぺらく仮初《かりそめ》のものだった。

「だけど」

それはもう過去の話、なんだよな。

「カツミくん、あの映画だよ！」

「……なにが？」

我に返ると、レッドがどこかを指さす。

すると映画館と呼ばれる建物の上に、何らかの映画のポスターが貼られている。

「これ面白いって話題の映画。君が好きかなって」

「おう、なんだ？　個別の部屋で見るのか？　こういうのって」

映画館へと足を運びながら、そう口にするとイエローが苦笑しながら俺の肩を叩く。

「違うよ。大きなスクリーンで見るのが映画や」

「そうなのか……」

想像できないが凄いんだな。

……なんか世間知らず過ぎて恥ずかしくなってきたぞ。

後でこういう方向のことも知識だけでも覚えておくべきだな。

「お金は大丈夫なのか？」

「うん。今回は社長が持ってくれるって」

レイマ、太っ腹だな……。

どうやらすぐに映画が始まるのか、チケットを買った俺達は上映されるという映画を見ることになった。

イエローの言う通り、大きなスクリーンで見た映画は迫力が段違いであった。

内容は、俺に合わせてくれたのかSFアクションものであった。

主人公が戦い、囚《とら》われのヒロインを助ける。

そんなありきたりなストーリーであったが、それでも戦闘シーンの多彩さと二転三転するストーリーは、見ている俺達を飽きさせることなく、進んでいった。

「面白かったねー」

あっという間の2時間を映画館で過ごした後、俺達は近くのカフェに移動し、軽い昼食を食べていた。

「なんか注文する時、生温かい視線を向けられたけど、なんだったんだ？」

「あ、あはは、なんでだろうなー」

「私にも分からんなぁ」

「知らぬ存ぜぬ」

なんかレッド達三人を見た後、俺の方を見てにっこりされたんだけど。

「それよりもさ、これからどうするん？」

「カツミくんが行ったことない場所でしょ？　なら、ゲームセンターとか？」

「それいいね。あと、本屋とかは？」

「バッティングセンター！」

「ボウリング！」

各々《おのおの》で俺を連れて行こうとする場所を考えてくれる三人。

手元の冷たいお茶のいれられたコップに触れる。

指先に感じる冷たい感覚は、今目の前の光景を幻ではないと言ってくれている。

「あの、ありがとな」

「ど、どうしたの？　突然、お礼なんて……」

「な、なんや、いきなりむず痒《がゆ》いな……」

思わず口に出た感謝の言葉に自分でも驚き、すぐに納得する。

もっと早く言うべきだったのかもしれないな。

俺は変われた。

スーツを盗んだあの日から、ずっと黒騎士として生きてきた。

他の生き方なんて考えもしなかったし、俺が負ける日は死ぬ日とも考えていた。

だが、それをこいつらが止めてくれた。

「アカネ」

「い、いいいい今、私の名前を……!?」

驚きのあまりろれつが回らなくなったレッド、アカネに笑みを零《こぼ》してから、もう二人へと視線を向ける。

「キララに、アオイだったたな」

「な、ななな、なにゃ……」

「よ、呼ばれた……!?」

……驚きすぎだろ。

キララとアオイの驚き様に素《す》に戻りかけながらも、視線をやや斜めに逸《そ》らしながら続きの言葉を口にする。

「今日までありがとな」

「カツミくん……」

今、生きているからこそこう思える。

考えていられる。

「お前達がいてくれるなら、俺も前を向いて生きていられそうだ」

「……君が望むなら、私達はいつだって支えるよ」

「うん。私達、もう仲間やし」

「頼まれなくても、お節介焼いてきたし。これからも焼くつもりだよ」

ああ、そうだな。

お前らはずっと俺に対してお節介ばっか焼いてきたんだよな。

「今なら、お前らの仲間に……追加戦士になってもいい、そう思えるんだ……」

煩《わずら》わしいと思っていたそれは、少しずつ俺の中の何かを変えてきた。

それが何かは俺自身も理解できなかった。

今でも分からない。

だけど、その変化はきっといいもののはずだ。

「良ければだけど、俺と友達に」

それから先の言葉を口にしようとしたその時、不意に何かが唸《うな》るような音が空に響き渡った。

俺も含めてアカネ達が立ち上がり、空を見上げる。

「何か、来る」

俺達の戦士としての勘が警鐘《けいしょう》を鳴らしている。

『**地球人諸君に告げる**』

正体不明の声が響き渡ると共に、空に大きな亀裂が走る。

『**地球人諸君に告げる**』

徐々に日本語へと変化していく。

それに伴い、ソレが空間を裂《さ》きながら姿を現す。

『**地球人諸君に告げる**』

はっきりと、そう日本語で言い放たれる声。

雲を突き破り降りてきた全長３００メートルを優に超える宇宙船。

幾重《いくえ》にも重なる声に、この都市にいた全ての人々の視線を集めているだろうソレは、大きく変形する。

『**我々は、星を渡る正義の使徒、セイヴァーズ**』

構造上、不可能にも思える変形。

船体の前面は上半身に、スラスターと思える部分は下半身へと変化。

十数秒かけて巨大なロボットへと変形した宇宙船は、勢いよく地上へと降り立った。

『邪悪は既に滅び、我々の栄誉は消え失せた』

足元の建物を踏みつぶして着地したロボットはその存在を、脅威を知らしめるように両腕を大きく掲げる。

悲鳴を上げる者、恐怖のあまり動けない者。

恐慌した人々が走り出す。

『まったく、嘆かわしい』

変形が終わっても尚《なお》、声は響き続ける。

見下しと嘲《あざけ》りを籠《こ》めた声の主《あるじ》は、生物的だった。

『この生存競争《ゲーム》に勝ち抜いた部外者《人間共》よ』

『だが、心配するな』

『我々が管理してやる』

『隷属《れいぞく》せよ』


俺達のいるカフェから見える場所に光の柱が落ちる。

光り輝く柱の中から、五人の男女が姿を現す。

機械的な鎧《よろい》を纏《まと》ったそいつらは、皆、手首にチェンジャーのようなものを巻いていた。

「ふむ、さてアレはどこかな？」

「近くにはいるようだねぇ。でも、データ通り酷《ひど》い星。空気も汚いし、文明レベルも下《げ》の下の下。こんなところが私達の対戦相手を滅ぼしただなんて信じられなぁい」

真ん中の長身の男の隣にいる淡い光を放つ髪の女性が、何かを話している。

男は一度、凄惨《せいさん》な笑みを浮かべると周囲にいる人間を見回した。

「ならば、適当に殺せば出てくるだろう。ボルク、スピ、マルカ、変身しろ」

この距離ではなにを言っているかは聞こえない。

だが、嫌な予感がする。

顔の半分が機械に覆《おお》われている男が、下劣な笑みを浮かべ長身の男に声をかける。

「クッ、いいのか？　こんなさっさと暴れて」

「我々が正義。ならば、邪悪にとってかわった奴らも、まさしく邪悪だ」

前に出た二人の女と一人の男が、腕を前に突き出し構えを取る。

それはまるでジャスティスクルセイダーの変身と似ていた。

「トロフィーを受け取りに来たぞ、プレイヤー諸君」


『INVASION　START!!』


鳴り響く音声。

その音と共に、三人の宇宙からの侵略者は光へと包まれた。

第十四話　侵略者、怒る騎士

現れた謎の敵が変身して、すぐに反応したのはアカネ達であった。

青、紫、緑、それぞれ別々の色への変身を遂げた宇宙人達。

それらがその手に持つ武器を、逃げようとする市民へ向けると同時に、彼女達は躊躇《ちゅうちょ》なく人前での変身を行ったのだ。


『『『CHANGE → UP RIGGING!! SYSTEM OF JUSTICE CRUSADE!!』』』


「皆、行くよ！」

変身したアカネ達を見て、宇宙人達が好戦的な反応を見せる。

「あんなん放っておけるか！」

「楽しい時間を邪魔して、許さない」

『お、あれがそうか！』

「私達でやっちゃおっか！」

戦闘が始まる。

だが、今の俺にはプロトチェンジャーがないのは理解しているので、フードを深くかぶってカフェの外へと飛び出し、逃げ惑う人達へと声を張り上げる。

「皆、あっちだ！　あっちに逃げるんだ!!　急げ!!」

がむしゃらに逃げても危険すぎる。

建物を陰にさせながら一般人の避難誘導をする。

「くそ、なんなんだよ、あいつら！」

あれが宇宙人だってのか!?

怪人の次は宇宙からの侵略者かよ!!

逃げる人達を安全な場所に誘導し続けると、目の前で男の子が転ぶのを見つける。

「立てるか!?　怪我《けが》は!?」

「だ、だいじょうぶ、でもお母さんと……」

「ケント！」

男の子を助け起こすと、すぐに母親らしき女性が駆け寄ってくる。

「急いで逃げてください！　ここが戦場になるかもしれませんから！」

「あ、ありがとうございます！　貴方《あなた》も早く、逃げて!!」

「タイミングを見て俺も逃げます!!」

背後からジャスティスクルセイダーと宇宙人が戦う音が響き続けている。

あいつらがそう簡単に負けるはずがない。

そう信じているが、一抹の不安は残る。

「俺達の変身に似ていた……」

奴らの変身は俺達と同じようなチェンジャーを介した変身であった。

もしかすると、あれは俺達と同じ技術で作られたものなのだろうか？

だとすれば、俺達の力は……っ。

「戦いの音が消えた……？」

戦闘が終わったのか？

思わず現場に向かおうとするが、今の俺にはプロトチェンジャーはない。

行っても加勢どころか足手まといになってしまうだろう。

「……行くか」

数秒ほど逡巡《しゅんじゅん》した後、やっぱり様子だけでも見に行こうと決意する。

たとえ、変身できなくてもあいつらの安否を気遣うことくらいは……って、あれ!?

「プロトチェンジャー!?　なんで俺の腕に!?」

こ、こここここれって勝手に持ち出したら怒られたりするやつじゃないのか!?　いや、さっきまで腕になかったはずだ!?

いつの間にか手首に取り付けられた『プロトチェンジャー』に驚愕《きょうがく》する。

「……いや、気にしている暇はない!!」

なにが起こっているかはよく分からんがこれで変身できる。

フードを被ったまま側面のボタンを三度押し変身を行う。


『CHANGE PROTO TYPE ZERO……』


一瞬で変身を完了させると周囲で逃げようとしていた一般人が俺の姿に気付き、足を止める。

「え、黒騎士!?」

「黒騎士くんがここにいるの!?」

「嘘《うそ》!?」

「皆さんは早く逃げて！　ここは戦場になりますから!!」

周りに声を張り上げ、俺はアカネ達の元へと向かう。

看板や壁を足場にして全力で街中を駆け抜け、彼女達の戦う場へたどり着いた俺の視界に信じられない光景が映り込む。

「お前ら!!」

地面に倒れ伏すアカネ、キララ、アオイの姿。

皆一様に変身が解除されており、同じようなスーツを着た奴らに足蹴《あしげ》にされていた。

「な、中々にやばかったな、こいつら」

「だけど、やっぱり蛮族には違いないでしょ」

「アレがなければ危なかったかも」

青と緑と紫の、パチモンじみた姿の戦士達。

ジャスティスクルセイダーのスーツのそれと異なるのは、身に纏《まと》ったアーマーと取りつけられた装備の違いしかない。

だが、その振る舞いはヒーローから遠くかけ離れ、まさしく宇宙からやってきた侵略者に他ならない。

「テメエら、今すぐその足をどけろ」

「……ほう、面白い。今度は時代遅れの骨董品《こっとうひん》がやってきたぞ」

長身の男、見た目は人間の姿をした鬱陶《うっとう》しい長い金髪の男が、俺の登場に気付く。

「アクス、あれは？」

「うわっ、コアナンバー0001ですよ。あれも盗まれたやつですねぇ。なんでアレ、使って平気なんでしょ？　実験成功記録は皆無なのに」

淡い光を放つ髪の女が、スカウターみたいなもんで俺を見る。

「大した事ないです。あれ、あの三人だけで楽に処理できますよー」

「ふぅん。ボルク、スピ、マルカ。お前達は、先ほどの失態がある」

俺を無視し三人のパチモン戦士共に話しかけるロン毛野郎。

レッド達に目を向けると、彼女達は怪我こそしているようだが、命にかかわるような重傷ではない。

だが、どうしてチェンジャーをつけているのに変身しない……？

「……ならば、どうだ？　あの骨董品を倒した者には、ボーナスをやろう。早い者勝ちだぞ」

「え、あんな奴倒すだけでいいのかよ！」

「こんな楽なことないわねぇ!!」

「んじゃ、私が一番乗りね」

遊び感覚……？

戦いの最中に浮かれる宇宙人共に一種の不気味さのようなものを抱き、次に猛烈《もうれつ》な怒りを湧き上がらせる。

なにを言うか興味があったが、どうやらその時間も無駄だったようだ。

こいつらはゲーム感覚で侵略しにきた舐《な》め腐《くさ》った奴らだ。なら、さっさと現実を見せてやる。

「カツミくん！　こいつらは変身をッ」

「黙ってろよ下等生物」

「ぐぅ……!?」

紫のパチモン戦士がレッドを足蹴にする。

彼女の苦悶《くもん》に満ちた表情を目にすると同時に、怒りが一気に最高点にまで振り切った。

「さあ、次の相手はおまッ」

レッドを足蹴にしている紫色の戦士の胸を拳で打ち砕き、その胴体を貫通させる。

「え？」

ジャスティスクルセイダーをここまで追い詰める相手だ。

一瞬で息の根を止めるべく、その機械に包まれた心臓を抜き取り握りつぶす。

「は？　ボルク？」

隣で倒れる仲間を見て硬直する女の胸倉を摑《つか》み、その頭部に連続して拳を叩き込み破壊する。

「ボルク⁉　スピ⁉　あんたらなんで死んでんの⁉」

「お前ら。弱いじゃねぇか……！」

なんだ？　レッド達がこの程度の奴らにやられたのか⁉

ありえない‼　はっきり言って、怪人の方がもっと手ごたえがあったはずだぞ‼

「あ、あんなガラクタスーツにあんな性能が！」

機械的な銃をこちらに向けてくる青の女戦士。

躊躇《ちゅうちょ》なく青いビームが放たれるが、そのどれもが遅く狙いが雑すぎる。

「素手で弾いた⁉　生物そのものを融解させる攻撃なのにっ」

手刀でビームを弾き飛ばしながら、踏み込みと共に接近しそのまま殴り飛ばす。

当たる直前に銃で防御されてしまったが、当分は起き上がってこられないだろう。

「ブルーの方がもっと陰湿《いんしつ》で厄介だったぞ」

「そ、それ悪口……」

「お前も元気そうだな」

とりあえず、人質にされないように優先的に助けた。

まだ動けるようなら、ここから離れてほしい、……!?

「……！」

防御に構えた腕に衝撃が走る。

軽く数メートルほど後ろに下がると、ロン毛野郎がその無駄に長い足を地面へと下ろしていた。

……殴っただけか？　他に能力を使った様子はない。

「私はベガ」

「知るか」

名乗りすら無視し、即座に潰しに行く。

「残念だ。私とお前では戦うフィールドそのものが違うのだ」

奴に殴りかかろうとしたその時、何かが身体《からだ》とスーツの間に割って入るような感覚に苛《さいな》まれる。

一瞬の違和感と共に、スーツからエネルギーを感じられなくなり強制的に解除される。

生身になってしまった俺の手首から解除されたプロトチェンジャーが零《こぼ》れ落《お》ちる。

「変身が……っ」

無理やり変身が解《と》かれた⁉

そう認識すると同時に頭を摑まれた俺は、男の膝蹴《ひざげ》りを食らう。

無防備な状態で殴られ、地面に倒れ伏す俺の背中に男の足がのせられる。

「ああ、君は厄介そうだ。戦えば私もただではすまないだろう。だが悪いな。私達の技術を使う方が悪いんだ」

「お前ら、まさか変身を……」

「どこから盗んだかは知らないが、これは我々の扱うスーツとエネルギーは同じなようだ。それでは干渉してくれと言っているようなものだろう？　しかも識別出力が同じとは……作った者はマヌケかな？」

だからジャスティスクルセイダーは負けたのか……‼

変身が無理やり解かれてしまえば、彼女達も俺もただの人間に過ぎない。

スーツがあればこいつらに勝てるとしても生身じゃ……‼

「でも、すごいですよ。一瞬で三人を無力化してましたよぉ‼　この子、私もらっていいですか⁉　できれば実験台とか、個人的な趣味で飼いたいんですが‼」

「いいや駄目だ」

「そんなぁ⁉」

目に悪い光を宿す女が俺をジロジロと観察し、指さしてくる。

嫌な予感しかしない。

せめて、アカネ達を逃がす時間が稼げればいいが……!!

「この人間、我々の仲間に加えよう」

「あっ、それいいですね！　きっと、強いプレイヤーになることでしょう!!」

誰がお前らの仲間になるか!!　そう叫ぼうとするが、それよりも先に俺の首が掴み上げられる。

「……ぐ、ぁ」

片手のみで俺の身体を持ち上げたベガ。

首が絞まり、息がまともにできなくなるが、それでも相手は構わずに俺に話しかけてくる。

「こいつはオメガだ」

「!?」

「さあ、お前は始まりを終わらせる者か？　秘密を守る者か？　どちらかな？」

「……ッ」

何言ってやがんだ、こいつ。

誰がオメガだと……!?

訳の分からないことを……!!

「アルファはどこにいる？」

「俺が、殺した」

「はぁ、そんなことが聞きたいんじゃないんだよ。地球人、私はな、無駄なことが嫌いなんだよ。だから、手間を取らせるんじゃ、ない！」

腹部に蹴りが入る。

衝撃に顔を顰《しか》めながら耐えるも、奴がさらに俺に蹴りを入れてくる。

俺が事実を言っていることには変わりはない。

だから、どれだけ拷問《ごうもん》を受けようとも答えは変わらない。

アルファは死んだ。


「カツミ！」


「！　ほーら、出てきた」

不意にベガが何もない空間に縄のようなものを伸ばす。

いきなり何をする、と思ったが次の瞬間には、その伸ばした光の縄に一人の少女が捕らえられるのを目撃する。

「動揺して尻尾を出したな？　やはりこいつが大事だったか。我々にすら気付かせないほどの力とは……素晴らしい」

「高度の認識改編を行う個体ですねー。我々を欺《あざむ》くレベルとなると……これは超大当たりですね」

「……くっ、うっ……」

「認識改編もそうだが、ここまで愛情深い個体はこれまでいなかったぞ」

光を帯びた縄で引きずり出された黒髪の少女。彼女の登場により封印された俺の記憶が蘇《よみがえ》る。

彼女と共に過ごした記憶。

俺から記憶を消し、彼女の安全を守ると決意した夜のことを。

次々とあふれ出す記憶に混乱する。

「アルファ、どうして逃げなかった……！」

「だって、君が死んだら……君が死んだら、意味がないんだよ……」

「それでお前が傷つくようなことになったら意味がねぇだろ!!」

記憶を消させたのはアルファを守るためだったはずだ。

もしもの時、こういう俺が追い込まれた状況で、俺が死ねば奴らはアルファを見つける手段はなくなる。

そのはずだったのに……！

「随分と可愛《かわい》い顔をしているじゃないか。どうやら、トロフィーとしての価値以外もあるようだな」

「……ッ」

縛られ、地面に倒れ伏すアルファの顎《あご》を掴み、彼女の顔を確認したベガが勝ち誇った笑みを浮かべる。

「アルファは確保した。これで人間共に用はない」

「じゃあ、この後はどうしますか？　船に戻って街とか破壊しちゃいますか？」

あの変形ロボットか……ッ！

「いや、いやいやいや、それでは面白くない。どうせこの星の科学力では、我々の戦略宇宙船のシールドを抜けもしないだろう。だからこそ、面白い余興を思いついたんだ」

「面白い余興、ですか？」

「コアナンバー0002をこちらに転送させろ」

ベガの言葉に驚きの表情を浮かべた後に、どこか恍惚《こうこつ》とした、まるでこれから起きる何かを楽しむような笑顔を浮かべたアクスと呼ばれた女が、腕に取り付けられた何かを操作し始める。

「アルファ、今からお前のオメガが我々の同胞となる瞬間を見せてやろう。いや、もしかすると死ぬかもしれないがな」

「……ッ、カツミは、お前らの味方になんかならないし……死なない……！」

「人間だから死ぬんだ。いや、死んだとしても死体は有効活用するので、別にどちらでも構わんがね」

俺の背中を押さえつけながら勝手なことをほざくベガ。

いったい、こいつは何をするつもりなんだ……!!

「アクス、持ってこさせたか？」

「ええ。貴方のお望み通り、例の生体ツールを」

光と共にアクスの手の中に現れたのは正方形の白い箱。

その側面の一部は網状になっており、そこからはこの世の生物ではない、機械で構成された何かが入っていた。

『ガァッ、ギガァッ!!』

「おー、おー、怖い。私達にですら牙を剝《む》く凶暴さですからねぇ」

「開けろ」

箱が開けられ飛び出したのは掌《てのひら》サイズのオオカミのようななにか。黄色い目が特徴の、背中に角の生えた全身が真っ白な機械で形作られたオオカミは、ケースから飛び出すとそのままベガに襲い掛かる。

奴は無理やりその手でオオカミを掴み取り、変形させるとそれを長方形型のバックルのような形状へと変える。

「0001のエネルギーコアに対応しているのなら、こちらとしても相応の試練を課そうじゃないか。なにせ、元は姉妹だっていう話だからな」

「て、めえ……!」

今度は胸倉を掴み持ち上げられる。

「こいつは、宿主の命を吸い取り力にする生体ベルトだ。名付けるとしたら……『ダストドライバー』ってところかな？　うまく適合すれば お前は我々の操り人形となり、これから楽しくゲームをしていくんだ。光栄だろう？」

手の中で震え続けるバックルを見せつけたベガを睨《にら》みつけるも、奴は怯《ひる》まずにこちらに声を投げかけてくる。

「手始めに人間狩りからさせてみようか？　同族で狩りを学ぶのも我々全員が通った道だからな」

「……ッ！」

「まあ、その前に……君が生き残れるかどうかが先か」

ベガが勢いよく俺の腹部にバックルのようなものを押し当てた。

瞬間、光の帯が俺の腰に纏わりベルトへと変わると、バックルのレバーが勝手に動き出し、何かが発動した。

第十五話　力を束ねて、覚醒の白騎士

変身を解除されなければ苦もなく勝てたはずの敵だった。

だけど、相手はどう見ても私達と同じ技術を用いた敵。

私達だけじゃなく、カツミくんも同じように生身に戻され追い詰められてしまい絶体絶命の危機に陥《おちい》っていた私達は、今まさに絶望の光景を目の当《まあ》たりにしていた。

「ぐ、ぅう、が、アァ!!」

カツミくんの腹部に装着された銀色のバックル。

それは赤い電撃を伴いその身体《からだ》を蝕《むしば》むかのように襲い掛かり、彼が苦悶《くもん》の声を上げる。

「「カツミくん!!」」

かろうじて立ったまま苦しみに悶《もだ》えながらも彼は、私達と少女の姿を見る。

痛みに顔を顰《しか》めながらも、目に力を宿した彼は歯を食いしばり必死に抗《あらが》おうともがいている。

「カツミ、そんな！　いやだ!!」

光でできた縄で縛られながらも必死で声をかけようとするアルファと呼ばれた黒髪の少

女を目にしてから、彼はこの状況で場違いな穏やかな笑みを浮かべた。
「カツ……ミ」
彼は目を瞑《つむ》った。
痛みに悶えるのをやめ、大きく深呼吸をした。

『ALL……DELE……ジッ……ジジ』

一瞬鳴り響いた音声にノイズが走り、淀《よど》んだ赤い電撃がバックルへと吸い込まれていく。
その代わりに溢《あふ》れだした金色の暖かなエネルギーが、彼の身体を一瞬にして覆う。

『PERFECT!!』

その音声と共に、その場に全くそぐわない荘厳《そうごん》な音楽が流れだす。まるで何かの誕生を祝うかのような、力強い音楽に私達だけではなく侵略者達も困惑した様子を見せる。

『ALL → ALL → ALL →　ALMIGHTY!!!』

彼の身体を光が包み込み、複数のアーマーが空中で構成され浮かぶ。

『THE ENEMY OF JUSTICE……』


金属音を立てながら装着されていくアーマー。

しかし、最後に残された三つのプレートが赤、青、黄と彩《いろど》られ、それらは遅れて胸部へとスライドするように装備される。


『『『TRUTH FORM!!!』』』


複数の音声が重なった後に全身から排出するように煙を噴き出し、変身を完了させた彼の姿は、黒とは正反対の白色で構成されていた。

黒色のボディスーツの上側から取り付けられたアーマー。

額から上へと延びる三本の角と、青色の複眼の下に刻まれた涙を表現するような黒いライン。

腕、肩、胸、足のアーマーは薄く、胸部の右アーマーに刻まれた赤、青、黄色のプレート。

全体的に痩身《そうしん》なイメージを抱かせる彼の姿に、私達は呆然《ぼうぜん》とするしかなかった。

「……素晴らしい！　ああ、もちろん信じていたとも!!　君がしっかりと装着してくれることをな!!」

無言のまま掌《てのひら》を見つめる彼に、拍手をしながらベガが近づく。

カツミくんは、洗脳されてしまったの……？

「嫌だ。嫌だよ……」

彼が、敵になるなんて。

だって、さっきまであんなに楽しく、笑い合っていたのに……っ。

「カツミくん……！」

泣きそうになりながら、手を伸ばす。

仮面を動かした彼がこちらを見る。

涙を流しているかのように見える複眼から伝わる彼の意志は――死んではいなかった。

「さあ、これから君も私達の仲間だ!!　手始めに君の仲間をその手で」

「うるせぇ」

「は？」

「うるせぇっつってんだよ!!」

白い戦士の身体が光の粒子に包まれる。

瞬間、とてつもない挙動で加速した彼の拳が、最低最悪の侵略者へと牙を剝《む》いた。

「なっ!?　なんだと!?」

彼が放った拳は彼らへと到達する寸前に暴発し、直撃することなく彼らを吹き飛ばしただけだったけれど、それでも彼らの恐怖を煽《あお》るのに十分なほどの不意打ちだった。

状況はまだ私にも分からないけど、間違いなく敵の思惑とは違う事態が起こっていることだけは理解できた。

「い、いきなり何を!?」

「まさかとは思ったけど、こっちにも完全適合!?　洗脳はどうしたの!?」

先ほどまで見せていた余裕はなくなり、一転して困惑した様子の敵に新たな姿に変身したカツミくんは調子を確かめるように拳を握りしめた。

「いきなりだから調子が摑《つか》めねぇ。……プロトスーツとは勝手が違う」

力に呑《の》まれていない。

彼は、カツミくんはカツミくんのままだ。

宇宙人の変身アイテムをその身に受け、それでもしっかりとした自我を保っていた彼は、まだ動かずにいるベガとアクスを一瞥《いちべつ》した後に捕まっていた少女を拘束していた光り輝く縄を素手で引きちぎる。

「アルファ、逃げろ」

「カ、カツミ……」

「逃げろ!!　約束を忘れたのか!!」

「い、いやだよ!　一緒にいるって言ったじゃん!!　だから、私、ずっと近くにっ」

「行け!!」

アルファ、と呼ばれた彼女はカツミくんの剣幕《けんまく》に叱《しか》られた子供のように目を瞑った後に、その場から駆け出し一瞬でその姿を消してしまう。

彼女の姿を見送ったカツミくんは、前を向き直ると拳を鳴らしながらベガ達へと向かって行く。

「随分と変な格好にさせてくれたなァ、侵略者共がよォ！」

「な、なぜ……！　ありえん!!　洗脳されていないだと!?　下等種族ごときに破られるものではないのだぞ!!」

カツミくんには、洗脳が効かなかったのか？

その事実に驚愕《きょうがく》するベガではあったが、すぐに余裕を取り戻す。

「だが、変身したところでこちらで解除してしまえば意味はない。アクス」

「りょ、了解……」

腕の端末を操作するアクス。

さっきと同じように変身を強制的に解除させるつもりだ……!?

「……ッ!?　解除できない!?」

「どういうことだ!?」

「ダストスーツのエネルギー出力が書き換えられたんですよ!!　ベルトそのものが私達の干渉を拒絶した!?」

慌てふためくアクスに、ベガも動揺を隠しきれないようだ。

「コアが変身者のためにシステムを作り変えたとでも!?　そのようなことがあるわけがな

い!!」

「話は終わったか？」

傍目《はため》に分かるほどの怒気を放つ白い戦士。

周囲の空間を捻《ね》じ曲《ま》げているように見えるほどの錯覚を見せる、彼の怒気にベガとアクスは顔を青ざめさせる。

「なら、そろそろ攻撃してもいいんだよなァ？」

地面が爆《は》ぜ、とてつもない勢いでカツミくんがベガへと襲い掛かる。

彼の怒りを目の当たりにした男と科学者らしき女は、即座にチェンジャーを起動させ、戦士の姿へと変わる。

私達が戦った戦士達とは異なる、銀と金の戦士。

アクスが変身した金の戦士は、その掌をカツミくんへと向け何かを作りだそうとする。

「じゅ、重力空間でこのサルを――」

「うるせぇ!!」

「ぐおっぷぇ!?」

しかし、目にも留まらぬ速さで蹴り飛ばし、彼は銀色のスーツと鎧《よろい》を身に着けたベガへと殴りかかった。

プロトスーツよりも速い。

それにパワーそのものも格段にアップしている。

「テメエ、勝手に地球にきて何するつもりだったんだァ!?」

「舐《な》めるな！　人間風情《ふぜい》が!!　この私専用に強化された星級《せいきゅう》装備を超えられると思うな!!」

戦いながらベガのスーツに装甲が追加され、さらに武器も増設される。

鎧というより機械で覆われた巨人じみた姿へと変わっていくベガの異形さに言葉を失う。

「な、なにあれ……」

「不格好なロボットやな……」

人型の機械の塊。

駆動音と共に電気と蒸気を放出しながらベガはカツミくんへと襲い掛かった。

「その時代遅れの鉄くずごと圧《お》し潰《つぶ》してやる!!」

鉄の塊でできた巨腕が彼へ振り下ろされる。

その攻撃に対して彼は掲げた掌だけで受け止めてしまう。

「軽いなァ！　おい!!」

「なっ!?」

衝撃で地面に罅《ひび》が入るがカツミくん本人は微塵《みじん》も堪《こた》えた様子もない。

それどころか、怒りにその身を震わせながら力に身を任せて無造作に機械の腕をねじ切ってしまった。

「ふざけるな！　その力は……っ」

「好き勝手に言いやがってよぉ……ごたごたうっせぇんだよ!!」

彼は機械に包まれたベガの頭を殴りつける。

殴られた機械の鎧がはぎ取られ残骸《ざんがい》が弾け飛ぶ。

「つまらねぇ御託《ごたく》を並べやがって!!　口だけ野郎が!!」

「がっ、ぐ、おべっ!?」

「無駄に頑丈なのも腹が立つ!!」

理不尽すぎる言葉と共にベガの肩に飛び乗った彼が逆の腕を引きちぎり、さらに転送と共に追加されていく前に彼に攻撃を加えていく。

「しゅ、修復が追い付かない!?」

その姿は黒騎士として怪人を一方的に倒してきた彼の姿となんら変わりはなかった。

「や、やめっ……」

「なぁにがゲームだ!　プレイヤーだ!!　出遅れてやってきた癖してなにイキがってんだこの野郎が!!」

「が、ぼが!?」

な、殴りながら機械の鎧をはぎ取ってる……。

修復のためであろう部品の転送はもう追い付けていない。

「ふんッ!!」

「ひ、ひぃ!?」

腕力のみで巨体を放り投げた彼が、空中でベガの足を掴む。

「前々からテメェらには、言いたいことが沢山あったがよォ!!」

そのまま着地と共にベガの身体を地面に叩きつけ、さらに連続して叩きつける。

バウンドするように身体を跳ねさせたベガはその衝撃と激痛に、つい数分前の様子からは考えられないほどの絶叫を吐き出した。

「が、あああああ!?　うわああああああ!?」

「だが、それも!!」

機械の隙間から部品と青い血をまき散らすベガを空中へと放り投げ、彼は大きく拳を振りかぶって――、

「忘れたから、殴りながら思い出すことにする!!」

「げばっ!?」

力の限りに殴り飛ばした。

地面を削りながら、数十メートル吹き飛んだベガ。

それでもまだ機械の鎧は健在そうだが、目立つのは頑丈さだけで戦闘力は今のカツミくんに微塵も及んでいない。

「あ、圧倒的すぎるよ……」

「あれ宇宙人の装備だから……じゃないよね？」

「多分……」

私もキララもアオイもぽかーんと口を開けて、傷ついた身体を押さえながらその場で見

ているとしかできない。

続けて彼が追撃しようとすると、なぜか足を止めた彼が額を押さえる。

なんだ？　まさか、またなにかしらの攻撃を彼に……!?

「……ッ、随分親切なベルトだなぁ！　頭に直接使い方を教えてくれたようだ……！」

「ア、バ、バカな……!?　そ、そのような機能があるはずが……」

「教えてくれたなら、使うしかないよな……！」

カツミくんがバックルに手を伸ばし、側面のスライドを一度引っ張った。

すると、バックルへと変えられたオオカミのような何かが歓喜の叫び声を上げるかのように咆哮《ほうこう》を響き渡らせた。


『FLARE RED!!　→OK?』

彼はさらにバックルの上部分のボタンを軽快に叩いた。

『CHANGE!!　→TYPE RED!』

テンションの高い電子音声の後に、胸部の三色のプレート全てが赤に染まり、その部分を中心に伸びる黒いラインに赤色のエネルギーが流れ、全身に満ち溢れる。

炎の力を身に着けた彼は、拳を鳴らしながら身体を機械で修復させているベガへと歩くように近づく。

「食らえ!!」

ベガが放ったのは肩部のショルダーキャノンと両腕に取り付けられたビームのようなもの。

射線上にあるものを全て融解、消滅させながら突き進んだ攻撃は、全てカツミくんに直撃するけど、これまでのカツミくんの力を見る限りあれは……。

「こ、攻撃が効かない……!?　ふざけたレベルのバリアを……!!」

その攻撃は彼の歩みを邪魔することさえできず空《むな》しく弾かれてしまうだけだ。

攻撃を食らいながらも無視し、そのままベガの前にまで接近したカツミくんは大ぶりに振り回した腕で彼の首を、力の限りに地面へと叩きつけた。

「フンッ!!」

「ガッ、アアァ!?」

クレーターができるほどの威力を食らったベガの機械の鎧は故障したように全身にスパークが走り出す。

三度バックルを叩いた彼がその掌をベガへと向ける。

「地球へようこそ!!　歓迎してやるよォ!!」

『DEADLY!! TYPE RED!!』

「そ、そんな！　やめろ!!」

『FLARE EXPLOSION!!』

すると、彼を中心に炎を象《かたど》ったエネルギーが集まり、凝縮《ぎょうしゅく》された後に空へと昇《のぼ》るほどの爆発を引き起こした。

天高く昇る烈火の一撃は、昼間にかかわらず周囲を明るく照らす。

「わ、私の色しゅごい……なにこれぇ……？」

「なんだか、やりたい放題だねぇ」

「アカネ、キララ、衝撃のあまりキャラが迷走しちゃってる……」

痛む身体を引きずりながら見ていることしかできなかった私は、ただただ唖然《あぜん》とすることしかできなかった。

それほどまでに白い戦士、いや、白騎士へと変わった彼の力は私達の想像を遥《はる》かに超えていたのだ。

「こっちに来なさい！」

「ッな!?」

不意に肩を掴まれ、こめかみに何か硬いものが突きつけられる。

こいつ、カツミくんが片付けたあっちのブルーか！

私に銃を突きつけたあっちのブルーはこちらに意識を向けたカツミくんに怒声を上げた。

「……ッ、この化け物!!　今すぐ、変身を解除しなさい!!　さもなきゃ、こいつが死ぬわよ!!」

「駄目、カツミくん！　言うこと、聞いちゃ……」

このままでは彼の邪魔をしてしまう。

なら、私の命を投げ出してでも——、

「今、そいつを離せば命だけは助けてやる」

「は？　あんた舐めてんの？　人質がいるこっちが有利に決まってんでしょ？」

「…………」

「……ッ、こ、この、ふざけやがって!!」

至極冷静なカツミくんの言葉に、私のこめかみに当てられた銃がカツミくんへと向けられる。

あらゆるものを溶解させる銃。

それを目の当たりにした上で、彼は捕まっている私から視線を逸《そ》らさない。

「心配するな。お前にも、キララにも、アオイにも怪我《けが》はさせない」

「くたばれぇぇぇ!!」

『CHANGE!!　→TYPE BLUE!!』

恐怖のあまり青い戦士が放ったエネルギー弾はカツミくんへと直撃するが、それは彼の身体を通り過ぎるように後方へと消えていく。

「はえ？　な、なんでっ」

まるで水のように青く透明な姿になった彼はそのまま実態に戻ると、再度バックルを操作し黄色の力を纏《まと》う。

『CHANGE!!　→TYPE YELLOW!!』

一瞬の閃光。

それを認識した次の瞬間には私はカツミくんに抱きかかえられていた。

状況が分からず、先ほどまで自分がいた場所を見ると、そこには心臓にあたる部分に穴を空けた青い戦士が、既にこと切れていた。

「心配かけた。ごめん」

「カツミくん、だよね？」

「ああ、なんだか分からんが洗脳されてもないし、命も吸われてないぞ」

良かった……けど、やっぱり君は規格外すぎるなぁ。

抱きかかえられた私は、キララとアオイの近くに下ろしてもらう。

「さて、後は……」

「はぁ、はぁ、はぁ……！」

「……しつこいな、まだ生きていたのか」

彼が振り向いた先では、半壊状態の姿となったベガがクレーターから這いずり出てきた。

奴の纏っていた機械の鎧はほとんど壊されて、半分死んでいるような状態に見えるが、それでも奴の目にはとてつもない憎悪《ぞうお》が宿っていた。

「後悔するなよォ……！　サルがァ……！」

「俺らがサルなら、テメェらは薄汚《うすぎたね》ぇハイエナだろうが。その程度の力でお山の大将気取ってんじゃねぇぞ」

「……ッ!!!」

ビキビキと部品をまき散らしながら彼は残った腕に残されたチェンジャーに顔を近づける。

「ッ、俺を船に転送させろォ!!　宇宙船でこいつを殺す!!」

「やれるもんならやってみろよ!!」

勢いのまま彼がバックルのスライドを四度引っ張る。

ッ、赤、青、黄と続いて四番目!?　この次にどういう強化が待っているの!?

『THE ALMIGHTY!!　→OK?』

「………………」

他とは異なる重なった声による認証に、彼はバックルを叩く手に躊躇《ちゅうちょ》を見せる。

不自然なほどの静けさが訪れる。

数秒ほどの短い沈黙の後に、彼は肩から力を抜いた。

「この力は、お前達にもらったものだ」

「え？」

「俺は、ようやく前に進める。ただ戦うだけの黒騎士だった俺は……　お前達に人間にしてもらったんだ。ありがとう……本当に、それしか言葉が思い浮かばない」

「ちょっと待って」

突然、静かに言葉にする彼に、私もキララもアオイも異変に気付く。

「なんで今そんな……こと言うの？　やめてよ……」

「今しか言えないからな」

「あとでいくらでも聞けるよ!!　だって、一緒に帰るんでしょ!?　カツミくん!!」

思わず彼の腕にすがりついてしまう私を、彼は優しく振りほどく。

「後は頼んだぞ、アカネ」

「だ、駄目!!」

『CHANGE!!　→TYPE……』

『UNIVERSE!!』


こちらを振り向かずにそう言葉にした彼はそのままバックルを叩き、黄金色《こがねいろ》の光を纏いながら光に呑み込まれるベガへと向かって行った。

カツミくんが光の柱に包まれて、遠い場所に立っているロボットの胸部へと吸い込まれていく。

「帰ってきてから、伝えてよ……！　なんで、最後の別れみたいに言うの……!!」

彼が消えたその場で泣き崩れる。

彼はベガと共に宇宙船へと乗り込んだ。

そこで、今度は大勢の敵と戦っている。

「アカネ、見て……」

アオイが指さした方を見れば、都市に立つロボットに異変が生じているのが見えた。

まるで内側から爆発するように胸部の一部が破壊され、そのまま露出した内装から見える金色の光が、続けて爆発を引き起こしている。

『オオオォォッ!!』

彼の声が聞こえる。

この星を救うために、死力を尽くしている彼の声が。

その直後、胸部の中心で大爆発が起こりロボットの身体から力が抜け、その前の空間に大きな亀裂が生じる。

それが、奴らがここにやってくる際に利用したワームホールのようなものと気付く。

ロボットは機能を失い、倒れ伏すようにそのままワームホールの中へと消えていった。


カツミくんは、帰ってはこなかった。

残されたのは、彼が用いていた『プロトチェンジャー』と彼が今日まで住んでいた物で溢《あふ》れた独房だけであった。

第十六話　正義

アルファとオメガ。

それは星に生きる生命体に埋め込む特殊な因子により目覚める二つの雌雄個体を指す。

アルファは全に影響する能力を。

オメガは個に影響する能力に目覚める傾向が多く、我々は目的を以《もっ》て星の生命体同士で〝共食い〟をさせる。

オメガの因子を持つ者は凶暴だ。

本能のままに、その星のものを食らい脅威となる。

その習性を利用することで、オメガの力を最大限にまで伸ばし、ようやく我々と矛を交える資格を得る。

オメガの力が強大であれば確保。

弱ければ処分し、その星を初期化しもう一度オメガとアルファの因子を投与し、次の収穫まで待つ。

我々、『セイヴァーズ』が所属する組織はそうしてランクの低い星を狩ってきたのだ。

容易《たやす》い、侵略だと思っていた。

これまでの命令を無視し、秘密裏に地球と呼ばれる星の知的生命体を手中に収めようと考えた。

弱く、文明レベルの低い星。

そこに生まれ落ちたアルファもオメガも大した存在ではないだろうと予想していた。

事実、我々が星のスキャンをかけたところ本来のオメガも、人間に倒され滅ぼされていた。

この程度の生命体ならば、支配するのも容易い。

その星のアルファもオメガも既に息絶えてはいたものの、アルファは子を成し、新たなアルファを作り出すという異例の事態を起こしていた。

それは親の力を遥《はる》かにしのぐ異常個体であり同じ人類に対する強力無比な精神干渉を得意としていた。

異種族である我々すら欺《あざむ》くほどの能力だ。他の同業者すら潜在的に欺くこともできるしいいことずくめときた。

アルファも捕らえれば、より簡単に都合の良い奴隷が手に入るはずだった。


なぜこんなことになった。

地球に降り立ち異常個体のアルファを確保し、そのついでに現住生物の地球人で遊んで楽しむつもりだった。

意外にも地球人の着用するスーツの性能は我々を凌駕《りょうが》こそしていたが、規格そのものは我々が所属している組織で流通している強化スーツに近いものだったことから強制変身解除により対処することも容易《ようい》だった。

誤算だったのはアルファが行動を共にしていたある一人の地球人。

オメガの因子を持たない、ただ選ばれただけの偽物により我々は窮地《きゅうち》に追いやられた。

ダストドライバー、装着者の生命を食らいあらゆるものに破壊をもたらす呪いのベルトを取り付けられた奴は本来なら我々の傀儡《かいらい》となるはずだったのだ。

だがそうはならず、あろうことかダストドライバーに適合し完全に従えた上にこの私に牙を剝《む》いてきたのだ。

我々の用いる最新型の強化スーツ、兵器、追加装甲も圧倒的な力と多彩な能力により反撃することもできずに圧倒され私は最後の手段として『セイヴァーズ』宇宙航行型戦艦による地上制圧という手段に出た。

「はぁ、はぁ……」

船内に転移した私は破損した四肢を修理しながら、戦艦の攻撃システムを起動させる。

「奴はじきにここにやってくる。いいさ、来るといい!!　その瞬間にレーザーでバラバラにしてや――」

瞬間、戦艦に衝撃が走る。

とてつもない衝撃に転移装置のある室内が大きく揺れ、続けて破壊音が響き渡る。

『その程度のデカブツが通じると思ってんのか!!　あぁ!?』

「!?」

それが金色の姿に変容した奴が仕掛けた攻撃と気付いた時には、私はつい先ほど抱いていた敵意も憎悪《ぞうお》も忘れ、戦艦そのもののワームホール転移を敢行し地球からの離脱を行った。

「ち、地球から離れてしまえば奴は一人！　この船を破壊しようとも、こ、ここには我々以外の船団もいる!!」

認めるしかない。

あれは、私の手に負えるような存在じゃない。

同胞のいるこの宇宙で、最悪上位序列の手を借りてでも奴を殺さなくてはならない。

「その前に早く修理を完了させなければ――」

『オラァ!!』

ようやく下半身の修理が終わった瞬間、私のいる管制室の壁が吹き飛び、金色の光が飛び込んでくる。

白煙を纏《まと》いながら現れた奴は金色から白色の姿に戻りながらぎろりと私を睨《にら》みつけた。

「ハァァァ……」

「ヒッ」

恐るべき敵意に新たに接続された両足が無意識に後ずさる。

「テメェゴラァ逃げんじゃねぇぇエェ!!!」

「ひっ、ひぃぃ!?」

背中を見せみっともなく逃げ出した私を奴は追う。

船内の迎撃システムを全て発動し奴を食い止めようとするが、その全てが意味をなさずに破壊されていく。

「な、なんだ、あいつは……」

修理したはずの両足が今にも壊れそうだ。

なぜ、あそこまでの破壊をもたらして消耗すらもしていないんだ。

「侵入者!?」

「ベガ様!?　これはいったい!!」

「て、敵対勢力だ!!　奴を殺せ!!」

船内の脅威を察知した船員を肉壁にする。

どうせ、どこぞの星で拾ってきた有象無象《うぞうむぞう》、私が生きてさえいればどうでもいい!!

「テメェ、コラァ!!　どけぇ!!」

「ぎぇぇぇ!?」

「全員宇宙人かこの野郎!!」

「「ぐぇぇぇ!?」」

「いや、お前らからしたら俺も宇宙人かァ!!」

「「ぎゃああ!?」」

クソ、足止めにすらならない……!!

機械化し、恐怖すら忘れたこの身体《からだ》に寒気と震えが止まらない。

その身に黄金色《こがねいろ》の光を纏った奴は、動くだけで周りの兵士達を残骸《ざんがい》へと変える。

「既にこの宇宙船は外宇宙へと転移した!! 貴様にもう帰る場所はないぞ!!」

「うるせぇ!! 死なば諸共《もろとも》、テメェら全員巻き込んで宇宙船ごと爆破してやるわァ!!」

「ンヒッ」

想像するのも恐ろしいことを口にする。

マズイ。

ワームホールを通ってやってきたのはよりにもよって、〝あの方〟がいる本部だ
そんなところで爆発など起これば、死よりも恐ろしい罰《ばつ》が下される。

「捕まえたぜ……!!」

「しまッ」

一瞬の恐怖に硬直してしまい、その隙を狙われ私の身体は摑《つか》まれてしまった。

奴が拳を振り上げ、私を破壊しようとする。

ここで終わりか!?

その時、私と私を摑む奴の周りが暗闇に包まれる。

「は？　どこだここ？」

ごとりと、上半身だけとなった私が落とされる。

いつの間にか周囲は船の中ではなく、別の場所へと変わり果てていた。

先ほどいた船内とは異なる広大な空間。

まるで宇宙にいるかのように暗黒に星々が煌《きら》めく幻想的な光景に目を奪われながら、私が今倒れ伏している場所が硬質な床の上ということに気づく。

「え？」

星の光が差し込む玉座に膝《ひざ》を組みながら座っている誰かがいる。

「が、あ……そ、そんな……」

まさか、あの一瞬で船団内部に転移させられたのか……!?

玉座に座っている〝あの方〟が立ち上がる。

はっきりとした足音を響かせながら歩み寄ってきたのは青い肌を持つ女性であった。

「…………」

紺色の長い髪、黒く染まった瞳《ひとみ》にその場にひれ伏したくなるほどの美貌《びぼう》。

右肩にかけるように白い布をドレスのように巻いた彼女を目にした瞬間、怖気《おぞけ》が止まらなくなる。

「ま、間違いない……」

初めて見るが、そのお姿を目にするだけで確信させられてしまう。

「また宇宙人か？」

『ほう、面白い生命体がこの船に舞い込んだようだ』

「……？」

地球人である奴にはあの方の言葉は通じない。

首を傾《かし》げる奴に、あの方は手元にワームホールを作り出すと、そこから一冊の書物を取り出し、ぱらぱらとそれに目を通す。

時間にして数秒。

すぐに本を閉じ、後ろに放り投げると共にワームホールへと収納しあの方は軽いため息をついた。

「地球の言語か。単純だな」

「……え」

「これで合っているか？」

「お、オッケー……」

呆然《ぼうぜん》としながら奴が頷《うなず》くと、あの方は満足そうに玉座に続く階段へと腰かける。

「よく来た、侵入者。私は退屈しているんだ」

「……あんたが次の敵か？」

「そうだ。向かってくる勇気があれば、かかってくるといいぞ？」

その時、私の身体が軋《きし》みながら地面へと叩きつけられる。

見えない何かに押し潰されているのではなく、あの方の威圧感によりそうさせられていることを悟りながら、必死に意識を繋《つな》ぎとめる。

「が、うぁ……」

能力も何も使われていない。

圧倒的な存在感。

殺気と圧力が形となって、全身へと襲い掛かり私の身体を地面へと縫《ぬ》い付《つ》ける。

「……あ？　どうしたんだ、お前」

な、なんで、立っていられるんだ!?

この威圧の中でなにも感じていないのか!?

「ほう、立てているか」

「なんかしたのか？」

「……さあ？　攻撃してみれば分かるかもしれないぞ？」

素知らぬ様子であの方と向かい合っていた奴は、その言葉に従い、溢《あふ》れんばかりの敵意を見せながら飛び出した。


『CHANGE!!　→TYPE UNIVERSE!!』

「ハァア!!」

金色の姿に全身を彩《いろど》りながら跳躍《ちょうやく》し、拳を振り上げる奴を目にしたあの方は、その唇の端を吊《つ》り上《あ》げた。

奴が繰り出した拳があの方に向かっていく。

思わず声にならない悲鳴を上げてしまうが、その拳はあの方に触れる直前で見えない壁に遮《さえぎ》られるように防がれた。

「ッ!!」

「素晴らしい」

空間を揺るがし轟音《ごうおん》を鳴り響かせながら奴の身体が弾かれる。

そのまま着地した奴にあの方は立ち上がった。

「気が変わった。名を聞こう。地球の戦士よ」

「人に尋ねる前にまずはテメェが名乗りやがれ」

あの地球のサルが……!!　なんて口を利いているんだ!!

動けないこの身を呪いながら、ひたすらに奴があの方に無残に殺される末路を望んでいるが、その無礼を受けた彼女は愉快気《ゆかいげ》に頬《ほお》を歪《ゆが》めた。

「そうだな。これから長い付き合いになるのだ。ならば、私の名を教えねばならんな」

長い付き合い、と理解ができない言葉を口にしたあの方は奴を見つめながら自身の胸に手を当てる。

「我が名はルイン。どうだ？　私は名乗ったぞ？」

「……カツミだ」

「カツミ、か」

見惚《みと》れるように、これ以上にない楽しみを見つけたかのように喜色の表情を浮かべた彼女は、パチン、と指を鳴らした。

「見定めてやろう。カツミ、お前が私の敵と成りうるのか」

「ッ」

瞬間、彼女を中心に星空のような球状の空間が彼女自身と奴を飲み込む。

「な、なんだ……？」

一瞬にして姿が見えなくなるあの方と地球人。

だが、数秒と経《た》たないうちに球状の空間は消え去る。

「……ガァ!?」

中から現れたダストドライバーを身に着けた地球人は、そのまま血まみれの姿で地面へと叩きつけられた。

「私が、なすすべもなくやられた奴を、ここまで一方的に……」

奴の纏うスーツは罅割《ひびわ》れ、割れたマスクからはその素顔が露《あら》わになっていた。

血だまりに倒れる男の傍《かたわ》らには、その右手を赤く濡らす〝あの方〟が立っておられた。

「地球人の時間に換算すると、５６時間３４分５７秒、か」

「く、がはっ……！」

止《とど》めを刺すのか……！

期待を込めて状況を見守っていると、あの方は見下ろしていた奴をその両手で抱き起こした。

「ようやく、ようやく見つけた。……カツミ、お前だったのだな」

「ッ!?」

その白い装いが汚《けが》らわしい赤い血で汚れることをいとわずにあの方は奴を抱きしめる。

慈悲すらも感じさせるその抱擁《ほうよう》。

だが、それでも奴は敵意を失わずにその拳を振り上げた。

「もういい、ここで命を落とすには惜しい」

あの方と目を合わせた奴は、まるで何かに固められたように動けなくなってしまう。

「ふ、ざけんな、まだ俺はやれる、ぞ……」

「ここで死ぬことは許さない。カツミ、お前には生きてもらわねばならない。この、私のためにな」

声すらもまともに出せないのか、途切れた声を漏らした奴を横に寝かせ、その頭を自身の膝に乗せながら、あの方は朗らかに笑う。

「楽しませてもらった。この私をその場から動かし、あまつさえ手を出させるなど、星将《せいしょう》序列内でも何人いるやら……」

玉座の間に広がる異常すぎる光景に、私は頭がおかしくなりそうになる。

これは、悪夢か。

分からない。

自身に辛酸《しんさん》を舐《な》めさせた奴が、あの方に……ッ!!

「肉体の水質変化も見事。だが存在固定の類《たぐい》の技を理解していなかったようだ。……それはちょっと残念。速さも力も及第点ではあるが、危機察知能力、経験に基づく攻撃予測は中々のものだ」

「ふ、ざ、け……」

「でも最後のはよかった。とても、とてもよかった。拳による暴威。完成された暴力。あれはまさしく私が正面から受けるべきだった攻撃ではあるが……それは、貴様には失礼に当たると思ったから、真正面から打ち砕かせてもらった」

マスクを素手で引きちぎるように剝《は》ぎ取《と》り、そのまま露出した髪を撫《な》でつける。

カラン、と破片が無造作に転がる音が響く。

「だが満点だ。素晴らしい。こういうのを採点が甘すぎるというのだろうが、こればかりは譲れない。なによりこの私に向かってくるという点で＋１００点だ。本当に素晴らしい……」

「が、はっ……」

「しかし、無謀ではない。その素養もあるのだろう。経験も積んでいるのだろう。足りないのは、人数か？　仲間か？　装備か？　ふふふ、あらゆるものが足りていないな」

圧倒的な力を見せられた後であろう奴は、依然として変わらず抵抗の意志を見せようとする。

「睨むな、睨むな。死《し》に体《たい》でも気丈な奴だ、そんな目で見られるとより愛おしくなってしまうではないか……」

微笑《ほほえ》みながら奴の頬に手を添える。

「このまま私好みに育てるのもいい。だが違う。そうではないな。それだけでは遊び心がない」

あの方が手を目の前の空間へと向ける。

どこかへ繋がっているワームホール。

その先の光景を確認したあの方は、奴の襟《えり》を掴むように持ち上げた。

「地球に帰してやろう」

ワームホールの前に掲げた奴に指を向ける。

「私の一撃に耐えられたら、な」

その瞬間、スーツを纏っている奴の胴体に見えない衝撃のようなものが叩きつけられた。

吐き出された血が、笑みを浮かべたあの方の頬へと付着しそのまま奴はワームホールの奥へと消えて行ってしまった。

あの方は、自身の頬に付着した血を口に含みながら、楽しげに笑う。

「ふふふ、地球の初期化は取り消そう。あの星に興味を抱いた」

その場に誰もいないのにそう呟《つぶや》くあの方の視線が、地面に倒れ伏す私へと向けられる。

まるで、今私の存在に気付いたように驚いた表情を浮かべ、その後にため息をついた。

「星将序列３３５位　ベガ　識別派閥『セイヴァーズ』」

「お、お待ちくださいっ……！　わ、私はまだお役に立てます!!」

「強さこそがこの世の理《ことわり》」

指先がこちらへと向けられる。

「敗北者に、正義の名は必要ない」

視界が霧散する。

自身がバラバラになる感覚に苛《さいな》まれながら、微《かす》かにその声を耳にする。

「私達が集う場所に名はない。強さこそが我々を形作る正義に他ならない」

121: **ヒーローと名無しさん**
映像公開されたけど、とんでもねぇもんが出てきたな
レッド達の変身アイテムとドローンとかで撮ったやつかこれ？

加工とかされてるから、レッド達と黒騎士くんの姿は分からないけど……こんなことが起こってたんだな

122: **ヒーローと名無しさん**
怪人の次は宇宙人かよふざけんな
しかも滅茶苦茶侵略する気満々じゃねかよ……

123: **ヒーローと名無しさん**
黒騎士くん……

124: **ヒーローと名無しさん**
うっ……（´；д；`）

125: **ヒーローと名無しさん**
彼は地球を守って……

126: **ヒーローと名無しさん**
もう誰も黒騎士くんのこと悪く言わないから、帰ってきてくれよ

127: **ヒーローと名無しさん**
黒騎士くんの心はジャスティスクルセイダーが継いでいくから……

128: **ヒーローと名無しさん**
お前らさ、あの程度で黒騎士くんが死ぬと思ってんのか？

129: **ヒーローと名無しさん**
一瞬で目が覚めたわふざけんな

そうだよ、死ぬはずないだろ

あの黒騎士くんがだぞ

130: **ヒーローと名無しさん**
たかがワームホールに吸い込まれたくらいでくたばるような生命体じゃないだろ

131: **ヒーローと名無しさん**
はいはい形だけの黙とうは終わり終わり

132: **ヒーローと名無しさん**
この掌返しよ

133: **ヒーローと名無しさん**
普段の行いが壮絶すぎるのが悪い

134: **ヒーローと名無しさん**
今回の黒騎士くんのやったこと
・プロトスーツ状態で侵略者共３体を一瞬で無力化

それで敵のなんか変な装置つけられて大変なことに……

139：ヒーローと名無しさん
大変なこと（誇張無し）

140：ヒーローと名無しさん
強制変身からの洗脳という展開でなんでああなるんですかね

141：ヒーローと名無しさん
どう見ても宇宙人由来のアイテムが変身ベルトで草
黒騎士くんにプレゼントしてくれたのかな？

142：ヒーローと名無しさん
まさかプロトスーツちゃんが黒騎士くんを奪われるとは

143：ヒーローと名無しさん
ダストドライバーちゃんとかいう、無機物ヒロインのライバルきた

144：ヒーローと名無しさん
既にダスドラちゃんの擬人化がイラスト化されている異常事態
公表から１週間も経ってないんですけど？

・内２体は完全破壊
・敵のチートにより強制変身解除されピンチに
・謎の変身アイテムを屈服させ変身
・侵略者をボコボコにし、巨大ロボットに単身乗り込み破壊し返り討ちにする
・恐らくその後、敵本拠地に殴り込む
・まだ帰ってきてはいない

135：ヒーローと名無しさん
やっぱいつもの黒騎士くんじゃん（麻痺）

136：ヒーローと名無しさん
ジャスティスクルセイダーも頑張った

ただ相手が舐めプしておいて、負けそうになったら変身解除させる奴だったのが悪い
変身解除が卑怯なわけじゃない
問題はそれを最初からやらずにゲーム感覚で戦っているのが最高にムカつく

137：ヒーローと名無しさん
むしろ黒騎士くんってどうやったら死ぬんですか？（無垢）

138：ヒーローと名無しさん
モザイクというか黒塗り表情だったけど
黒騎士くん、やっぱり子供だった

145: **ヒーローと名無しさん**
あの宇宙人共が言っていたダストドライバーってさ、多分プロトスーツちゃんと同じタイプのやつだよな

部分的にピー音入って詳しい部分は分からなかったけど、奴らはあれで黒騎士くんを洗脳しようとしてたってことでいいんだよな？

146: **ヒーローと名無しさん**
普通ならその場で暴れまわったり、催眠受けてジャスティスクルセイダーと殺し合う悲痛すぎる状況になるはずだった
黒騎士くんが普通の人間だったらの話だけど

147: **ヒーローと名無しさん**
宇宙製のベルトをつけられた!!
↓
なんか特になにもなかったし、完全適合して変身してやったぜ!!

どういうことなの……

148: **ヒーローと名無しさん**
一瞬苦しんだけど、一瞬で適合して変身した黒騎士くんはマジでなんなんだろうな

無機物に好かれる波動かなんか出してるの？

149: **ヒーローと名無しさん**
実は宇宙人だって聞いてもむしろ納得する

150: **ヒーローと名無しさん**
地球生まれの天然完全適合者様やぞ

151: **ヒーローと名無しさん**
地球人全員が黒騎士くんだと思われる発言はやめろぉ!!

152: **ヒーローと名無しさん**
変身音と能力がやばすぎて草も生えん

153: **ヒーローと名無しさん**
ダストスーツちゃん即堕ちどころじゃない速度で堕ちてるのがもうやばすぎる

154: **ヒーローと名無しさん**
PERFECT!!（好き!!）

気のせいかな、俺にはそう聞こえた

155: **ヒーローと名無しさん**
誰が聞いてもそうだろ

156: **ヒーローと名無しさん**
難攻不落のプロトスーツちゃんを虜にした黒騎士くんだぞ

宇宙人由来のスーツだろうが黒騎士くんにかかれば速攻で分からされるわ

157: **ヒーローと名無しさん**
その通りだけど例えと字面が酷すぎる!!

158: **ヒーローと名無しさん**
ダストスーツ名称からしてあれだわ
使った奴の命を駄目にするか、ごみ箱的な意味を籠めて、ダストって呼ばれているんだろうな
多分、ふるい分けの道具か処刑用でもあったんじゃないの?

話しぶりからしても誰も装着できたことないから、同じように危ないプロトスーツちゃん装着してる黒騎士くんで試したっぽい

159: **ヒーローと名無しさん**
なんか意思もあったっぽいから、虎視眈々と牙を研いでいたのかもしれない
ただお眼鏡に適う奴が今までいなかっただけで

160: **ヒーローと名無しさん**
あの侵略者バカなの?
普通に船連れ込んで洗脳すればいいものを勝手に強化アイテムくれるのマヌケすぎる

161: **ヒーローと名無しさん**
変身音途中で変えて、待機音声作り出すくらいだからなー
あの侵略者共の困惑した様子からして、多分今までなかったやつだ

162: **ヒーローと名無しさん**
荘厳な待機音からの最終感
黒騎士くんは白騎士くんになってしまったんだよなぁ

163: **ヒーローと名無しさん**
すげぇ圧倒的に侵略者のリーダー格ボコボコにしてて逆にびっくりした

164: **ヒーローと名無しさん**
イキリエイリアンだろあいつ
装備の性能に頼りっきりで戦闘経験とか皆無な奴

165: **ヒーローと名無しさん**
黒騎士くんとジャスティスクルセイダーは現場で鍛え上げられた超ベテラン

そもそも黒騎士くん状態でも普通に勝てた疑惑もある

166: **ヒーローと名無しさん**
敵がとんでもねぇクソ野郎だってことがあって胸がスカッとした
なにがゲームじゃこっちは現実生きてんじゃボケェ

167: **ヒーローと名無しさん**
宇宙のハイエナ共だよ
宣言からして、怪人騒動に出遅れた奴ら

168: **ヒーローと名無しさん**
管理してやるとか何様だよ

169: **ヒーローと名無しさん**
あの侵略者共って学者とかその道の人の見解によると
怪人を使って蟲毒的なことをさせていた
そこで、奴らが現れ戦い、勝てば栄誉となる
それか強い生物を味方にし、戦力を増強させる
で、支配した星の生物を隷属させていた
……って話らしい

170: **ヒーローと名無しさん**
いっぱしの正義気取ってるのが腹立つ

171: **ヒーローと名無しさん**
〉〉169
加えて補足すると
怪人騒動も全部侵略者が原因っぽい
地球で怪人を育て成長しきったら、ゲーム開始
まあ、そのゲームにはバグキャラがいたわけだが（愉悦）

172: **ヒーローと名無しさん**
傍から見ると本当に痛い奴らだよ
しかも肝心の怪人は、部外者呼ばわりしてる人間のジャスティスクルセイダーと黒騎士くんに倒されているし、あいつら後からやってきて、イキりちらしているようなもんだ

173: **ヒーローと名無しさん**
長文多くなったな

174: **ヒーローと名無しさん**
あれの何がふざけてるって色だと思うんだよね私!!

姿だけ戦隊もののパチモンだよ!!

金銀紫青緑ってなんなんだよ!!

ふざけやがって、色くらいバランスとれよ!!

なんか、色のバランス考えないで「俺この色にしよーっと」的にそれぞれ好き勝手に色を選んだみたいな!!

でも白騎士くんはスーパーベストマッチだから許しちゃうぅ？

175: ヒーローと名無しさん
しかも負けそうになったらあいつら強制変身解除してくるからな
それで黒騎士くんもジャスティスクルセイダーも倒された

176: ヒーローと名無しさん
〉〉174
特撮姉貴コワイ……と、思ったら速攻で堕ちてて草

177: ヒーローと名無しさん
それが無かったらジャスティスクルセイダーだけでも勝ててただろうし
あの子達の最終兵器、えげつないってレベルじゃない
黒騎士くんなんて一瞬で２人破壊してたし、実力自体は大したことないと思う

178: ヒーローと名無しさん
狩り気分で地球に来て負けそうになったらチート頼りだすとか、本当にふざけてる

179: ヒーローと名無しさん
ジャスティスクルセイダーは１分も経たないうちに追い詰めていたし、普通に勝ててた

180: ヒーローと名無しさん
変身解除されれば黒騎士くんも中身はどうしようもなく人間だからな
まあ、それも人間アピールみたいなものだったんですけどね！

181: ヒーローと名無しさん
アホな宇宙人がアホな自尊心で触れちゃいけない奴にアホなことして自分の首を絞めたのがあの結果よ

182: ヒーローと名無しさん
負けイベかと思ったら強化イベとはたまげたなぁ

183: ヒーローと名無しさん
新形態が敵からの贈りものって大丈夫なのかな

184: ヒーローと名無しさん
もう正義に対する敵意が隠しきれていない……

185: ヒーローと名無しさん
正義の敵ってフレーズもジャスティスクルセイダーみたいな正義じゃなくて、正義を騙る悪的な意味合いをかねているのも姿からして分かる

なにせ、ジャスティスクルセイダーそれぞれの色がスーツに入っているんだもん

186: **ヒーローと名無しさん**
レッド達が黒騎士くんを変えられたってことだもんな
能力もレッド達の色になぞらえた力だったし……

187: **ヒーローと名無しさん**
4段階目はUNIVERSE

市販の玩具の音声が正しければ、ジャスティスクルセイダーのを最後として扱っているんだよね……

エモい

188: **ヒーローと名無しさん**
まさしく最強の友情フォームだったんだな

189: **ヒーローと名無しさん**
タイプレッド：**エネルギーバリア、パワーアップ**
タイプイエロー：**スピードアップ**
タイプブルー：**ゲル化**

ねぇちょっと待って!?
一つ明らかにおかしいのが混ざってる!!

190: **ヒーローと名無しさん**
えっっっぐ!!

191: **ヒーローと名無しさん**
ゲル化とか一番もらっちゃいけない能力だろ!!www

192: **ヒーローと名無しさん**
ただでさえ強い奴が、最強形態もらううんじゃないよ!!

193: **ヒーローと名無しさん**
少なくともブルーはゲル化なんてしなかったんですけど

194: **ヒーローと名無しさん**
ブルーは性格がゲルみたいな変幻自在感はあるが（?）

195: **ヒーローと名無しさん**
こう見るとブルーも大概なんだよなぁ
黒騎士くんもそう言ってたし

196: **ヒーローと名無しさん**
変身後はもうあれですよね
ダストスーツが嬉々として力貸しまくってて草ですよ

しっかりと使い方説明してくれるなんて忠犬すぎる

197: **ヒーローと名無しさん**
白騎士くん、パワー発揮する前から圧倒していたけどさらにぶっ壊しにかかってたな

198: **ヒーローと名無しさん**
硬くて速くて無敵で強いやつを全部混ぜるのはおかしい

199: **ヒーローと名無しさん**
プロトスーツ「……（´；д；`）」

200: **ヒーローと名無しさん**
いいとこどりしてるからな……

ゲル化もおかしいけど、他二つも十分に強すぎる

201: **ヒーローと名無しさん**
黒騎士くん！　プロトスーツちゃんは今泣いているんだぞ!!
いいぞ！　もっとやれ!!（豹変）

202: **ヒーローと名無しさん**
黒騎士くん、早く帰ってきてほしいな

203: **ヒーローと名無しさん**
表舞台に上がらなくてもいいから、戦いとは無縁な生活をしてほしい

204: **ヒーローと名無しさん**
宇宙人来なけりゃそうなっていただろうしなー
そう考えるともう戦ってほしくないわ

205: **ヒーローと名無しさん**
みんな待ってる

第十七話　アルファ

『後は頼んだぞ、アカネ』

そう言い残してカツミくんは、帰ってはこなかった。

ベガと他の宇宙人を倒して、宇宙船を壊してワームホールに呑《の》み込《こ》まれどこかへ消え去ってしまった彼は、私達の元に帰ることなく、数日が過ぎてしまった。

「…………」

目の前に現れる仮想エネミーをその手に持つ剣で斬り裂く。

「…………」

動かなくなるロボット。

次々と溢《あふ》れる仮想エネミー。

それを目にすると同時に走り出し、突き出した剣で急所を貫き横に薙《な》ぎ払《はら》う。

「…………」

私が弱かったからだ。

私が弱かったから、いつまでも彼に頼り切りだから彼は帰れなかった。

彼が、命を懸《か》けることになってしまった。

だけど、一番悲しかったことは、彼にそのような選択肢を選ばせてしまったことだ。

「君は、変われたって言っていたけどっ、全然、変えられてなんかいなかった……！」

どうして、自分の命を投げ出そうとするの？

君がいなくなって、悲しむ人がたくさんいるんだよ？

私のこの想いは、酷《ひど》く身勝手なものなのは分かっていた。

彼は、そうすることでしか事態を解決できないからそうした。

そうしなければ、あのロボットは街を破壊したし、そうなればどれだけの人が犠牲になっていたか分からない。

彼の選択は間違っていなかった。

「君が、帰ってこなくちゃ、駄目じゃん……！」

息を乱しながら、最後の一体を両断する。私の背後には、百を超える仮想エネミーの残《ざん》骸《がい》が転がっていた。

「追加、お願いします」

「……やりすぎだぞ、レッド」

追加の仮想エネミーを頼もうとすると一人の男が現れた。

金髪の長身の彼は、表情を険しくさせながら私を見ている。

「怪《け》我《が》がまだ癒《い》えていないだろう」

「……私のことは放っておいてください」

彼に背を向けそのまま出ていこうとする。

しかし、そうはさせまいとばかりに、彼は私に声を叩きつけてくる。

「そんなことをしても、彼は帰ってこない」

「ッ、彼は生きています!!」

思わず感情的になり叫ぶも、彼はさほど動揺しない。

「ああ、生きているとも」

「……!!」

「彼が、ホムラカツミがそう簡単に死ぬものか。いくら世間がそう報じていたとしても、私はその事実を認めはしない」

彼が私に端末を投げ渡す。

そこには、フードを被った少年が金色の光に包まれ変身する姿が映し出される。

「彼の戦いの記録は開示された。お前達の素顔も、彼の素顔も秘匿《ひとく》されたままな。一部の噂《うわさ》では彼は死んだと、そう言われているが……そんなものは、耳に入れる必要のないくだらない妄言に過ぎない」

彼の姿が純白の仮面の戦士へと変わる。

その直後に、彼は宇宙人に牙を剝《む》き、圧倒的な力で攻撃しにかかる。

「そうです、よね。カツミくんのことだから、きっと相手の宇宙船から本拠地に乗り込んでそのまま大ボスに喧嘩《けんか》売って帰ってきてもおかしくないですもんね……」

「さ、さすがにアレを相手にそれは無理だと思うが……まあ、どうやら立ち直れたようだな」

立ち直れたかどうかは分からない。

だけど、少しだけ希望が持てたかもしれない。

すると、渡された端末に通信が入る。

とりあえず社長に差し出すと、彼はやや表情を顰《しか》めながら応答する。

「なんだァ!!　今、辞めちゃった白川《しらかわ》君の代わりにメンタルケアをしている最中だぞ!!　空気を読め!!」

「すごい大声じゃん……」

なんだかすごく台無しな気分だ。

だけど、このアホっぽさが社長なんだ。

社長の話が終わるのを待っていると、ふと、彼の表情が一変し焦りを孕《はら》んだものに変わる。

「……なに、追い返すな!!　今すぐその少女を彼がいた独房に案内しろ!!　ああ、そうだ!!」

通信を切った社長は酷《ひど》く動揺していた様子だった。

なにか起こったのか？　そう思っていると、彼は私へと向き直る。

「すぐにイエローとブルーを呼べ！」

「え、ど、どうしてですか？」

私の質問に、彼は動揺したまま答える。

「彼の生存を知っている者が来た」


私達が彼のいた独房へと足を運ぶと、そこには既に一人の女の子がいた。

宇宙人との戦いの時、突然姿を現したアルファと呼ばれていた黒髪の可愛《かわい》い女の子。

私達とそれほど年の変わらない見た目の少女は、ずずー、とストローでジュースを飲みながら椅子ではなく彼の眠っていたベッドに座っていた。

その場には既に思いつめた様子の社長が席に座っている。

「カツミは生きている」

「確かか？　アルファ」

「うん、確かにそれは感じる。多分……この地球に戻ってきていると思う」

戻ってきてるの!?

キララとアオイと顔を見合わせた私達は、急いでテーブルの席につく。

「場所は分かるのか？」

「この日本の……いや、県内にいる。それ以上の詳しい場所は分からない。…でも、彼は確かに生きている」

「……ならば、どうしてここに戻ってこない？　囚《とら》われているのか？　いや、県内にそのような施設は確認されていない……ならば病院か？」

とにかく、彼が生きていることが分かったんだ。

その事実にひたすら安心しながら、私はベッドに座っている少女、アルファに話しかけてみることにする。

「あの、アルファちゃん……だよね？」

「なにかな、レッド」

「君はいったい、なんなのかな？」

「カツミのパートナー」

ビキッ、という罅《ひび》が入る音。

「私は、怪人オメガの番《つが》い、アルファの娘。アルファと名乗っているってことについては……まあ、そう本能づけられていたって感じかな」

彼女は自分のことを話した。

自身が、アルファと呼ばれた存在だということ。

強い認識改変の能力を持っていること。

今まで、ずっとカツミくんの傍《そば》にいたということ……って、うん？

「ずっと？」

「うん。ずっと」

「ここにいる時も？」

「うん。一緒に座ってたし、お菓子もお茶もカツミと君達と一緒に飲んでたよ」

「「「…………」」」

待って、よく考えたらここの椅子もマグカップとかも五人分ある。ぜ、全然疑問にさえ思わなかった……これが、認識改変の力？

「貴方達が私と同じように彼相手に四苦八苦している姿は面白かったよ」

にこり、と煽《あお》るようにそう口にしてくるアルファに、再度ビキリという音が鳴る。

それはキララとアオイも同じようで、笑みこそ浮かべているが、その目は全く笑ってはいなかった。

「お前ら座れぇ!!　いいか！　お前らが本気で暴れると、私が死ぬぞ!!　分かっているのかァ!!」

「なんでそんなに強気で言えるのあんた……？」

「弱さゆえの護身……」

とりあえず気分を落ち着けながら席に腰を下ろす私達。

額に浮かんだ汗を拭《ぬぐ》った社長は、こちらをチラチラと警戒しながらアルファへと視線を向ける。

「なぜ能力を使っていない？」

「宇宙人にバレるかもしれないから。多分、相手は私の力を感知するなんらかの手段を持ってる。……いつも、カツミに守ってもらっていたから、大丈夫だったけど……彼がいない今は、私は無力なの」

アルファの言葉に社長が納得した様子を見せる。

「確かに、ありえない話ではない。元より空からやってくるものにはお前の能力が効きにくいことがあるからな。アルファやオメガの能力を無効化する術《すべ》を持っていても不思議ではない」

「社長はこの子のことを知っていたんか？」

「ああ、私は宇宙人だからな」

そうなんだ、宇宙人なんだぁ。

………。

「「え？」」

「前から言っていたぞ。信じていないとは、まったく薄情な奴らだ」

「事実だよ。この変態、私の認識改変を一部だけ無効化してたから」

い、いやいやいや……！

アルファの言葉で事実だと確定するが、これまでの言葉で宇宙人だと思うはずがない。

「冗談だと思ってましたよ」

「虚言癖《きょげんへき》かと思うてました」

「言葉には重さが伴う」

「凄《すさ》まじく失礼だな、お前ら」

大きなため息をつく社長。

宇宙人という存在に侵略を受けたからこそ信じられるが、まさか日常的に言っているジョークが本当だったとは……。

それじゃあ社長は人間に力を貸してくれる宇宙人ってことなのかな？

そうじゃなきゃスーツとか作ってくれないだろうし。

「私は、セイヴァーズとかいうふざけた連中とは別の、上の派閥に所属していた科学者だった」

「なんか語り出したで」

「……非道すぎる組織と、一番上の奴が武闘派で強くて怖くてやばすぎて嫌になってコア持って逃げ出した!!　終わり!!」

なんか長話しそうなところをキララの言葉に拗《す》ねて、すぐに終わらせてしまった。

簡潔すぎて分かりやすいけれど、後で詳しく聞かせてもらうべきかな……。

ん？　そういえば、アルファってどこかで見覚えが……。

「あぁぁッ!?」

「なんだレッド！　いきなり大声を出すな!!」

「違うよ！　アルファちゃん、私と会ったことあるでしょ!!」

そう言うと彼女は不思議そうに首を傾《かし》げる。

「私が黒騎士くんに助けられた時、なんか話しかけてたよね！」

「あっ、もしかしてあの時の……」

「うん、そうそう」

「おもらししてた子？」

それ多分別人の話!!

断じてそのような事実はないが、この社長とキララとアオイはそう思わないだろう。

無言で立ち上がる私の肩を社長とキララが押さえ込む。

「お、おおお落ち着けレッド!!」

「やめーや、アカネ。で、やってしもたんか？」

「まあ、無理もないよ……。今の話は忘れる」

「違うよ!?　事実無根だよ!?　窒息《ちっそく》して死にかけたりはしたけど!!」

ただでさえネットで散々な扱いされているのに仲間内で変な気遣いされるとか耐えられない。

「窒息？　あ……あの子か。君がレッドになっていたんだねー」

「ほ、ほら、別人だよ！　……おい、キララ、アオイ、なんで残念そうな顔をするんだ！」

一刻も早く誤解を解いてもらわなければ。

私達友達だよね!?

「認識改変を全て解いたのか？」

「いいや、多分その時の私は探し人が見つかって、警戒が緩んでいたんだろう。だから、アカネはすぐに私のことを思い出せた。過去に起こった改変は解いてはいないよ」

「変わった事変は自然に元に戻ることはない、か」

……凄まじい能力だな、とは思う。

ようするにこの子が命じれば、その思考も行動も全てそれが当然だと思ってしまうようになってしまう。

「私は迂闊《うかつ》に能力を使うことができなくなった。だから、君達に保護を求めようと思うんだ」

「受けるしかないだろうな。君が捕まれば、まさしく人類は終わりだ。かといって君が死ねば、地球は用済みとなり、もっと酷いことが起きるかもしれないだろう」

先日の侵略で奴らがアルファを狙っているのは分かっている。

また彼女を攫《さら》うために同じようにやってきてもおかしくはない。

「ならば、我々のするべきことは決まったな！　まずはカツミくんの捜索！　お前達は次の戦いに備えて傷を癒《いや》し、訓練に励め!!　そして、こぉの銀河級にすんごい最強無敵のてんっさい科学者の私はお前達とカツミくんのために新たな力を作り出す!!」

「「はい!!」」

「返事や良し!!　ならば私はこの爆上げテンションMAXのまま研究室へ向かう!!」

そう言い残して社長はそのまま独房から出ていこうとする。

「待って」

「ムッ、なんだ！」

「白川伯阿《はくあ》は、いないの？」

その質問の意図が分からないのか社長は首を傾げつつ答える。

「社内のどんよりな空気に耐え切れずに辞めてしまったよ」

「そう、なんだ……ああ、いや、それならいいんだ……」

「……？　話は終わりか！　ならば、今度こそ私は行く!!　お前達は親睦《しんぼく》を深めるなり、キャットファイトでもなんでもしているがいい!!　ヴェアーハッハッハッ!!　カツミくんがあのパチモン戦士共を倒してくれたおかげでいい感じの無傷のエナジーコアが手に入ったからそちらも、お前らの装備に組み込むぞォ!!」

カツミくんの無事が分かって、社長も元気を取り戻したのだろう。

ああ見えて、私達と同じくらい心配していたんだろうし……。

彼が、生きている。

しかも、この世界にいて近くにいてくれるなら、見つけられるのは時間の問題だろう。

「彼が安心して戻ってこられるように、私達も頑張らなきゃね」

「うん、次に会うときは彼もジャスティスクルセイダーの一員やからな」

このまま彼に頼り切りになるわけにはいかない。

今度は私達がカツミくんを助けられるように強くなっていかなくちゃ。

『今なら、お前らの仲間に……追加戦士になってもいい、そう思えるんだ……』

私達が彼と関わってきた時間は、記憶は無駄なんかじゃなかったんだ。

共に過ごした時間もなにもかもが、全て彼の心に留まり、彼の心の扉を開かせた。

「友達、か」

あの侵略者が来る前に彼が口にしようとしていた言葉は、私達はちゃんと覚えている。

今度こそは、彼と本当の友達になりたいな。

「はやく、カツミに会いたいなぁ……もう、私のことを忘れさせずに一緒にいられるのに……」

アルファも再会を待ち望んでいるようだ。

ううん、ここにいる私達も、社長も、スタッフも、彼の無事を願う人々が待っている。

彼の、地球を救ったヒーローの帰還を……。

閑話　傷だらけのヒーロー

私、白川伯阿《しらかわはくあ》は今日から無職になってしまった。

いや、なってしまったというより、自分からなったというべきかな……。

理由は職場でやっていける気力がなくなってしまったから。

穂村克己《ほむらかつみ》……かっつんがいなくなっちゃって自分が思っている以上に悲しくなってしまったことと、彼の存在が私の中でそれほど大きくなっちゃっていることに耐えられなくて思わず辞めてしまった。

「はあ……」

なんにもやる気が起こらずに帰路を歩く。

ジャスティスクルセイダーに入ったのは私なりに目的があったけれど、それもなんだかどうでもよくなってきちゃった。

「かっつん、本当に死んじゃったのかな」

彼は単身宇宙船に乗り込んで、そのまま宇宙に行ってしまった。

この星の技術じゃ到底たどり着けない場所に連れていかれてしまった上に、場所は敵の本拠地。

普通なら助かる見込みはない。

「……またあの喫茶店のお世話になっちゃうかな」

とりあえず当面の生活のことを考えて気を紛らわせよう。

「貯めたお金で旅に出るのもありかなー……ははっ」

我ながら後ろ向きな気分なまま道を歩いていく。

『ガオ』

「んん？」

歩き出そうとした私の足元から謎の鳴き声が聞こえる。

視線を下に向けるとそこには……メカメカしい見た目をしたオオカミの玩具《おもちゃ》が私を見上げていた。

「え、なにこれ……」

『ガオ!!』

「わっ、ちょ、なに!?」

メカオオカミはいきなり私の白衣の裾《すそ》を噛《か》んで引っ張ってくる。

見た目から想像できない力にびっくりしながら、そのままどこかに連れていかれる。

10分ほどそのまま引っ張られ、場所は住宅街から少し離れた雑木林へ変わる。

「ねえ、ちょっと、なんなのさ。引っ張るのはやめてよ……」

『ガオ！』

なんで私、こんなことになっているんだろうなー。

仕事を辞め、世界が終わる前に放浪の旅でも出ようかなーっと思った矢先に、変な生物に見つかり、今は白衣の裾を引っ張られながら、どこかの雑木林へと連れられている。

「君なんなの？　あの宇宙船の残骸《ざんがい》かなにかなの？　勘弁してよぉ、私、そっちには関わってないから分からないの。修理とか知識ないから専門外なんだよー」

もう、勘弁してよ。

私の正体も危うくなってきたし、彼が行方不明になって空気に耐え切れず職場辞めてきたのに、また関わらせるの？

てか、この生物なんなんだよ。

手乗りオオカミとは言うけど、モロ機械だし力も私程度じゃ抗《あらが》えないくらいに強いんだけど。

それともこの世界にこういうロボットがいるの？

でも、こういう子供っぽい玩具は彼が好きそうだな……。

「はぁ……」

またかっつんのことを思い出して気分が沈む。

この気持ちはこれから一生引きずりそう。

そう確信しながら歩いていると、不意に白衣を引っ張る力が弱まる。

『クゥーン……』

「はぁ、ようやく止まってくれたよ……。……ッなに、これ!?」

目の前の雑木林は、更地へと変わり果てていた。

まるで空からなにかが勢いよく落下したかのように、木々がへし折られ、折り重なりながら異様な光景を作り出していたのだ。

「な、なにがあったのここで……？」

凄《すさ》まじい光景に唖然《あぜん》としていると、私の白衣から口を離し、ぴょんぴょん跳ねながらどこかにたどり着いたオオカミが、なにかに声を投げかけていることに気付く。

その声は、弱々しく、誰かを心配しているようにも思えた。

「て、おいおいおい!!」

誰か、人が倒れている。

そんな状況に陥《おちい》る人間なんて一人しか知らない私は、柄《がら》にもなく焦りながら急いで倒木を越え、その顔を覗《のぞ》き込《こ》む。

「スゥ……スゥ……」

「なにやってんの、かっつん……？」

見つけたのは林の中でなぎ倒された木を背にしながら呑気《のんき》に眠っている彼であった。

服には血が滲《にじ》み、傷だらけの彼を目にして、私は一瞬どうしていいか分からずその場で立ち尽くすことしかできなかった。

あとがき

作者のくろかたです。

この度は『追加戦士《ついかせんし》になりたくない黒騎士《くろきし》くん』を読んでくださり誠にありがとうございました!!

元々はハーメルンにて投稿させていただいた拙作ですが、書籍においてはカツミとアカネ達のやり取りや戦闘描写などを加筆させていただき、WEB版とはまた違ったものができたと思います。

WEB版で投稿している作品では特殊タグなど固有の演出ができましたが書籍ではそうもいかないので悩む部分もありました。しかし、その分WEB版にはない要素で読者の皆様に楽しんでいただけたらと思い、新たな描写や、本来登場が先になるであろう蒼花《あおはな》ナオや喫茶店のマスターなどの新しい要素を加筆いたしました。

これらの要素で読者の皆様にWEB版とはまた違った感覚で本作を楽しんでいただけたら幸いです。

本作を執筆する切っ掛けは、元々はアクションや戦闘描写の勉強のため実際に動いたりする特撮を拝見したことが始まりでした。アニメとは異なり、生の人間の動きは見てイメージしやすいこともそうでしたが、なによりそのストーリーや人間関係などの意外な要素にも興味を惹《ひ》かれ一層のめりこみ、本作『追加戦士になりたくない黒騎士くん』を執筆するに至りました。

この作品自体、私の趣味全開で作られたようなものなので正直、書籍化すること自体ありえないと思い込んでいました。しかし、このような機会に恵まれたことで文章ではなく、イラストという新たな形で描かれるカツミ達の姿を見ることができて他ならない私自身が感無量といった気持ちです。

改めまして、本作に関わっていただいた全ての方々、そして応援していただいた読者の皆様に重ねてお礼を申し上げます。

誠にありがとうございました!!

そして、これからも『追加戦士になりたくない黒騎士くん』をよろしくお願いいたします!!

日常ではコミカルで微笑ましい４人。
戦いに向かうヒーローな４人。
どちらの姿も、わくわくしながら楽しく
デザインさせていただきました。
ありがとうございました！
Ginka
サングラスレイマさん

追加戦士《ついかせんし》になりたくない黒騎士《くろきし》くん

2023年6月30日　初版発行

著　　者　くろかた
イラスト　ギンカ
発 行 者　山下直久
発　　行　株式会社KADOKAWA
〒102−8177
東京都千代田区富士見2−13−3
電話／0570−002−301（ナビダイヤル）
編集企画　ファミ通文庫編集部
デザイン　株式会社コイル
写植・製版　株式会社スタジオ205プラス
印刷・製本　凸版印刷株式会社

●お問い合わせ
https://www.kadokawa.co.jp/（「お問い合わせ」へお進みください）
※内容によっては、お答えできない場合があります。
※サポートは日本国内のみとさせていただきます。
※Japanese text only

ISBN978-4-04-737495-9　C0093
定価はカバーに表示してあります。

ソードマン
[バスタード・ソードマン]

生活魔法使いの下剋上
【生活魔法使いの下剋上】
生活魔法使いは
〝役立たず〟じゃない！
俺がダンジョンを
制覇して証明してやる!!!!!
月汰元
［イラスト］
himesuz
STORY
突如として魔法とダンジョンが現れ、生活が一変した現代日本。俺——榊《さかき》緑夢《グリム》はダンジョン探索にも魔物討伐にも使えない生活魔法の才能を持って生まれてしまった。それも最高のランクSだ。役立たずだと蔑まれながら魔法学院の事務員の仕事をこなす毎日だったが、俺はひょんなことからダンジョン探索中に新しい魔法を創り出せるレアアイテム『賢者システム』を手にすることに。そしてシステムを使ってダンジョン探索のための生活魔法を生み出した俺はついに憧れの冒険者としての一歩を踏み出すのだった——!!
B6判単行本 KADOKAWA／エンターブレイン 刊